楚辭女品

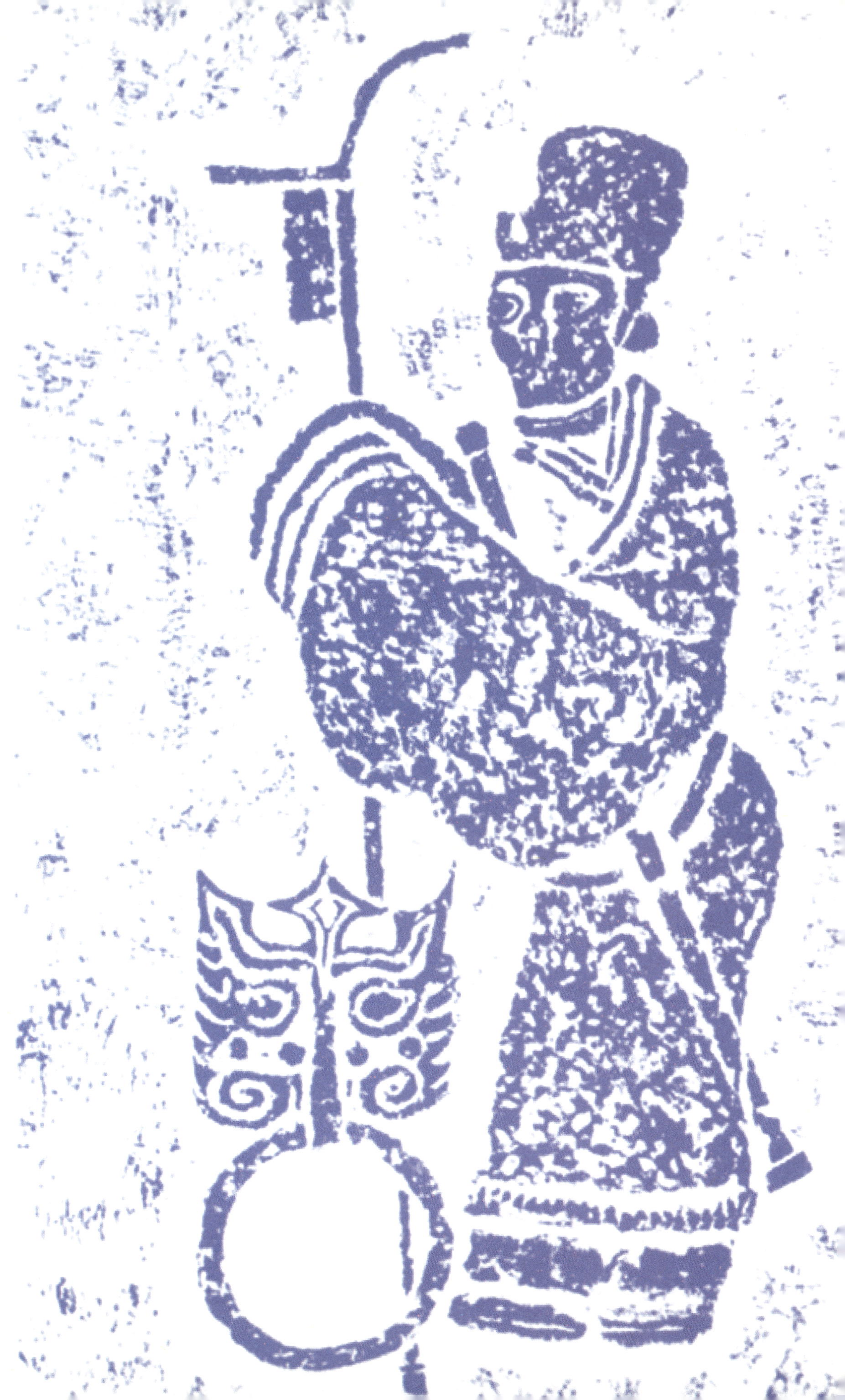

品读诗词中国

楚辞廿品

苏若荻

中国财经出版传媒集团
经济科学出版社

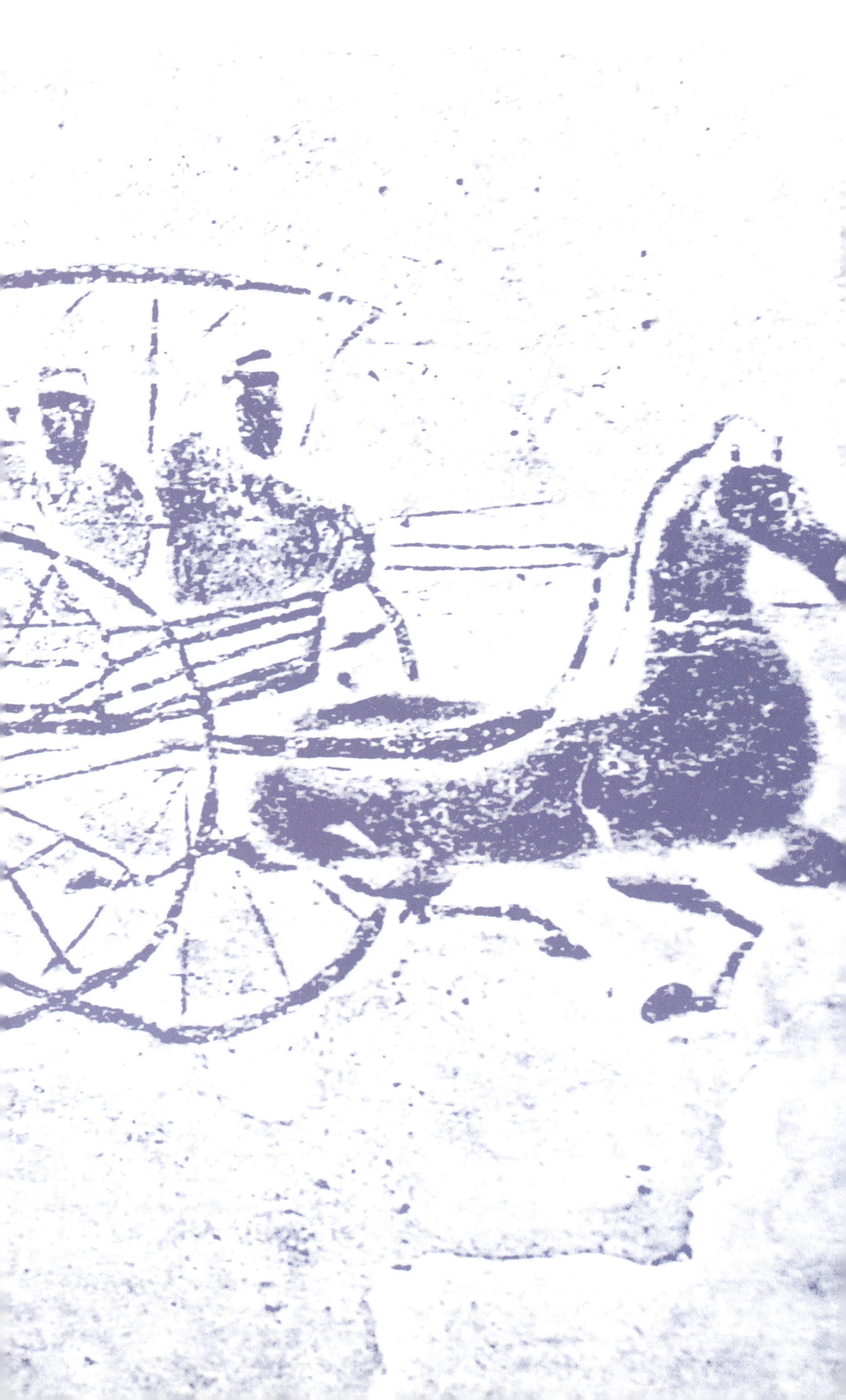

前 言

楚辞是战国时代兴起的一种新的诗歌体裁,它植根于楚文化独特的土壤中,句式灵活、内容丰富,尤其是其绚丽多彩的浪漫主义表达和情深意切的家国情怀,使之与《诗经》一道成为中国诗歌发展史上两座并立的高峰,也是中国诗歌发展最为重要的两大源头。

楚辞的开创者是战国时代楚国政治家、文学家屈原,其代表作有《离骚》《九歌》《天问》《九章》等。稍后的继承者是楚国宋玉,有《九辩》《招魂》等辞作。两汉时代,楚辞仍广受欢迎,也活跃着一批楚辞作家,有贾谊、东方朔、王褒、刘向、王逸等人,产生了一批对屈原作品的模仿之作,虽不乏佳作,但其艺术感染力与文学价值已无法与屈原相比。魏晋以后,楚辞悄然退出历史舞台,后代基本未有续作者。

楚辞虽然只盛行于战国楚地,延续至两汉,但其艺术价值与地位却是高山仰止,难以逾越。《文心雕龙》曾评论道:

"《骚经》《九章》,朗丽以哀志;《九歌》《九辩》,绮靡以伤情;《远游》《天问》,诡而惠巧;《招魂》《招隐》,耀艳而深华;《卜居》标放言之致,《渔夫》寄独往之才。故能气往轹古,辞来切今,惊采绝艳,难与并能矣。"

最早对楚辞进行汇集的是西汉刘向,惜其《楚辞集》已失传。现存最早的楚辞汇编是东汉王逸的《楚辞章句》,我们从中选取了二十篇代表作,略加释读,成此《楚辞廿品》。释读之时,较多地采用了王逸的解说,以期更接近于楚辞原意。

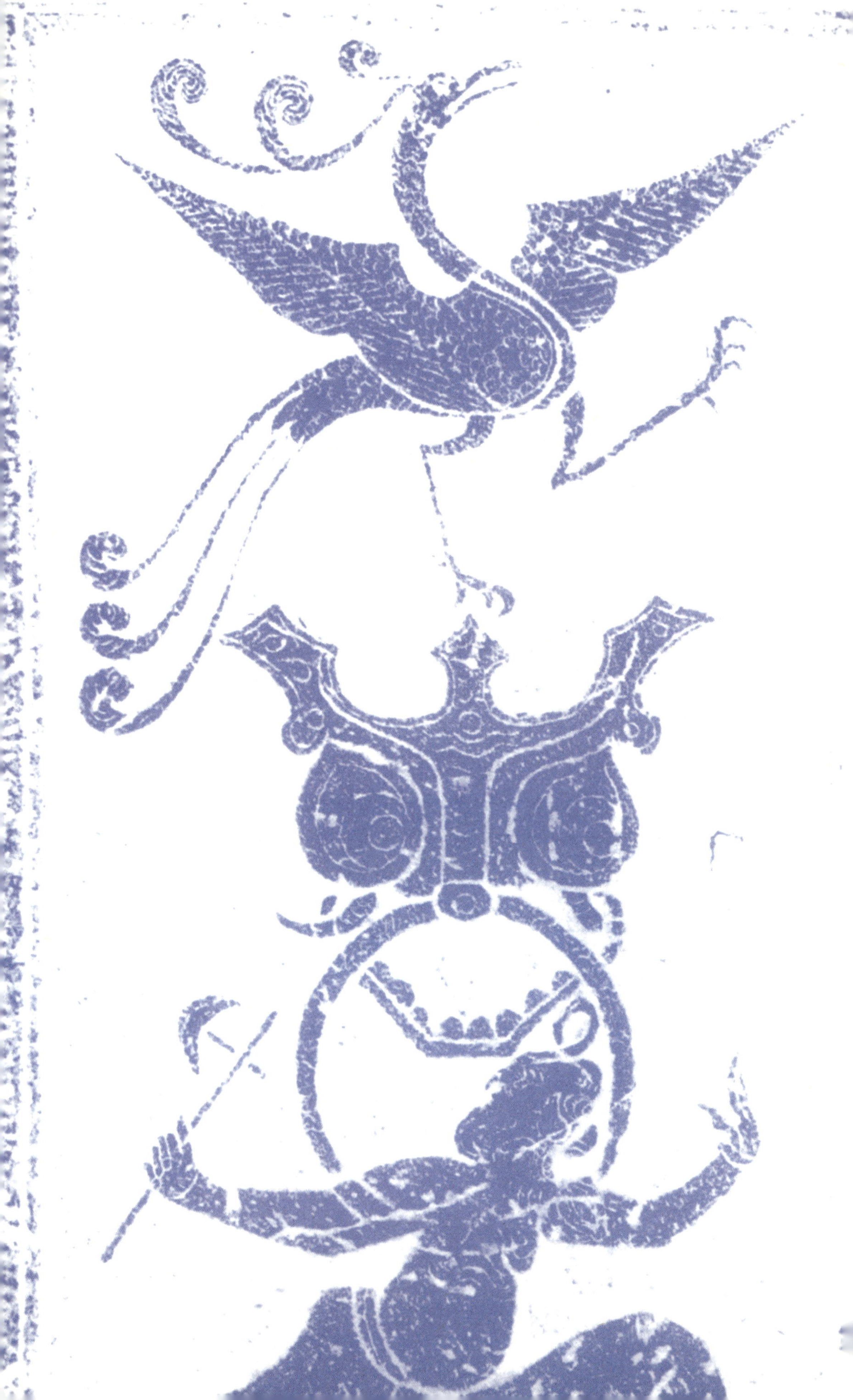

目 录

离骚	屈　原	001
云中君	屈　原	041
山鬼	屈　原	045
国殇	屈　原	051
哀郢	屈　原	055
怀沙	屈　原	063
橘颂	屈　原	071
渔父	屈　原	075
九辩	宋　玉	079
招魂	宋　玉	105
惜誓	贾　谊	125
招隐士	淮南小山	133
自悲	东方朔	137
蓄英	王　褒	145
远逝	刘　向	149
忧苦	刘　向	157
远游	刘　向	165
悯上	王　逸	173
伤时	王　逸	177
哀岁	王　逸	183

帝高阳之苗裔兮

陕西汉画像石

离 骚

屈 原

　　王逸曰：《离骚》者，屈原之所作也。屈原与楚同姓，仕于怀王，为三闾大夫。三闾之职，掌王族三姓，曰：昭、屈、景。屈原入则与王图议政事，决定嫌疑，出则监察群下，应对诸侯。谋行修职，王甚珍之。同列大夫上官、靳尚妒害其能，共谱毁之。王乃疏屈原。屈原执履忠贞而被谗邪，忧心烦乱，不知所愬，乃作《离骚》。

　　帝高阳之苗裔兮，朕皇考伯庸。摄提贞于孟陬兮，惟庚寅吾以降。皇览揆余初度兮，肇锡余以嘉名。名余曰正则兮，字余曰灵均。

【品读】

　　屈原在此先叙先祖由来,称自己是高阳帝之后代:高阳,即传说中的颛（zhuān）顼（xū）,又说自己的父亲名为伯庸；朕,我；皇考,对亡父的尊称；再叙自己的出生时间：摄提,即摄提格,亦即寅年；孟陬（zōu）,正月；庚寅,六十甲子之一,古人以甲子纪日,庚寅即正月庚寅日；最后,说出自己名字的由来：皇,即皇考；览揆（kuí）,观察；初度,初生之时；肇,即兆；锡,即赐,此言通过卜兆为我取得嘉名,正则为名,灵均为字。

| 乘骐骥以驰骋兮 |

山东汉画像石

纷吾既有此内美兮，又重之以修能。扈江离与辟芷兮，纫秋兰以为佩。汩余若将不及兮，恐年岁之不吾与。朝搴阰之木兰兮，夕揽洲之宿莽。

【品读】

屈原此段叙述自己的志向与追求：先说自己的才干：内美，内在品德之高尚，纷吾既有此内美兮，即吾既有如此纷多之内美；修能，超群之才；重之以，兼之以。又说自己的情操：扈，身披；江离、辟芷（zhǐ），均为香草；纫，连缀，秋兰，兰草。再说自己只争朝夕之勤奋：汩（mì），水流疾速，此句言时不我待；不吾与，不与吾；搴（qiān），拔、摘；阰（pí），山岗；洲，水中陆地；宿莽，一种香草。

日月忽其不淹兮，春与秋其代序。惟草木之零落兮，恐美人之迟暮。不抚壮而弃秽兮，何不改乎此度？乘骐骥以驰骋兮，来吾道夫先路！

【品读】

此段叙述自己的志向，继续表明迫切的建功立业之心。先叙时光如飞：不淹，不能停滞；代序，交替变化。又以草木自喻：美人，屈原自谓；迟暮，年老。再叙自己要趁壮年致力于清除弊政，奋发有为：抚壮，趁着壮年；秽，弊政；此度，谓自己的追求；来，叹词；道，先导；大意为，来，我愿为开路先导。

| 惟夫党人之偷乐兮 |

四川汉画像石

昔三后之纯粹兮，固众芳之所在。杂申椒与菌桂兮，岂维纫夫蕙芷？彼尧舜之耿介兮，既遵道而得路。何桀纣之猖披兮，夫唯捷径以窘步。

【品读】

　　此段回顾上古历史，陈述楚之先祖和尧舜之用贤以及夏桀、商纣之无道。先述楚国三位贤君之不拘一格降人才：三后，三君，即熊绎、若敖、蚡冒；纯粹，完美；固群芳之所在，谓群贤汇集；申椒，申地之椒；菌桂，即肉桂，一种香料；蕙、芷都是兰草。此句谓，不仅看重高雅的兰草，也不放弃气味独特的申椒与肉桂。又讲尧舜之遵循大道，再指斥桀纣之无道：猖披，荒淫无道；捷径，邪路野径；窘步，寸步难行。

　　惟夫党人之偷乐兮，路幽昧以险隘。岂余身之惮殃兮，恐皇舆之败绩。忽奔走以先后兮，及前王之踵武。荃不察余之中情兮，反信谗而齌怒。

【品读】

　　此段叙述自己在朝中的遭遇。先写小人之泛滥：党人，结党营私之小人；偷乐，苟且享乐；幽昧，黑暗。再写自身之作为：惮殃，害怕殃及；皇舆，即国家；踵武，踏着前人足迹。又写此心不被赏识，反遭谗害：荃，香草名，此指楚王；齌（jì）怒，盛怒、大怒。

　　余固知謇謇之为患兮，忍而不能舍也！指九天以

| 老冉冉其将至兮 |

四川汉画像石

为正兮，夫唯灵修之故也。曰黄昏以为期兮，羌中道而改路。初既与余成言兮，后悔遁而有他。余既不难夫离别兮，伤灵修之数化。

【品读】

此段写自己忠心依旧。先写自己虽知忠心可以为患，但又不能舍弃：謇（jiǎn）謇，忠心耿耿。再写自己与楚王的约定：正，誓；灵修，神灵，此指楚王；成言，约定、有约；悔遁，反悔。又写自己的伤感：不难夫离别，不惧怕告别朝堂；数化，多变。

余既滋兰之九畹兮，又树蕙之百亩。畦留夷与揭车兮，杂杜衡与芳芷。冀枝叶之峻茂兮，愿竢时乎吾将刈。虽萎绝其亦何伤兮，哀众芳之芜秽。

【品读】

此段追述自己的苦心。先写自己广植兰草、香草：滋，使滋长，培育；畹（wǎn），二十亩；树，种植；畦，在畦中种植；留夷、揭车，均为香草名；杜衡，香草名；芳芷，芳芬之芷兰。又写种植目的是待时而用：冀，希望；峻茂，繁茂；竢，即俟，待时；刈（yì），收割。最后写所种香草之命运：萎绝，干枯死亡；芜秽，杂芜丑恶；此句言，即使干枯而死也不会伤感，我却为那些杂芜变质，转向丑恶者而哀伤。

众皆竞进以贪婪兮，凭不厌乎求索。羌内恕己以量人兮，各兴心而嫉妒。忽驰骛以追逐兮，非余心之所急。老冉冉其将至兮，恐修名之不立。

| 长太息以掩涕兮 |

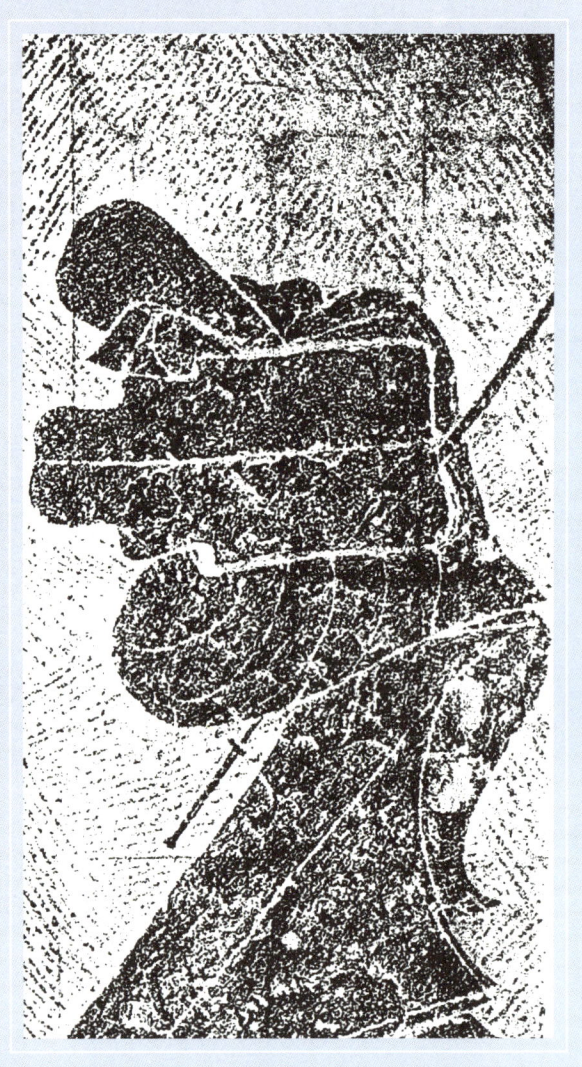

四川汉画像石

【品读】

此段写自己不会与小人们同流合污。先写朝中小人之贪婪：凭不厌乎求索，谓贪婪者索求无度；羌，发语词；内恕己，对自己宽恕；量人，猜度他人，或可理解为以小人之心度君子之腹；兴心而嫉妒，生发嫉妒之心。再写自己并非追逐名利：驰骛，疾驰；冉冉，渐渐；修名，美名。

朝饮木兰之坠露兮，夕餐秋菊之落英。苟余情其信姱以练要兮，长顑颔亦何伤？揽木根以结茝兮，贯薛荔之落蕊。矫菌桂以纫蕙兮，索胡绳之𪨶𪨶。謇吾法夫前修兮，非世俗之所服。虽不周于今之人兮，愿依彭咸之遗则！

【品读】

此段写自己如何洁身自好。先自摹自画：落英，落花；信姱（kuā），足够好；练要，精诚；顑（kǎn）颔（hàn），面黄肌瘦；此句大意为，假如我之心志足够美好且精诚不二，即使长处贫困，面黄肌瘦又有何妨？揽木根，抓住香木之根；茝（zhǐ），香草，即白芷；贯，穿挂；薛荔，香草名，蔓叶繁多；矫，扬起；胡绳，香草名，可编绳，索胡绳，即编胡绳为绳索；𪨶（shǐ）𪨶，修长美丽之状。再述说自己不同于流俗：謇（jiǎn），助词，此句意为，我效法前贤，非世俗之人所为；不周于，不合于；彭咸，殷商时代的贤臣，劝谏其君不从，投水而死。

长太息以掩涕兮，哀民生之多艰。余虽好修姱以鞿羁兮，謇朝谇而夕替。既替余以蕙纕兮，又申之以

| 忳郁邑余侘傺兮 |

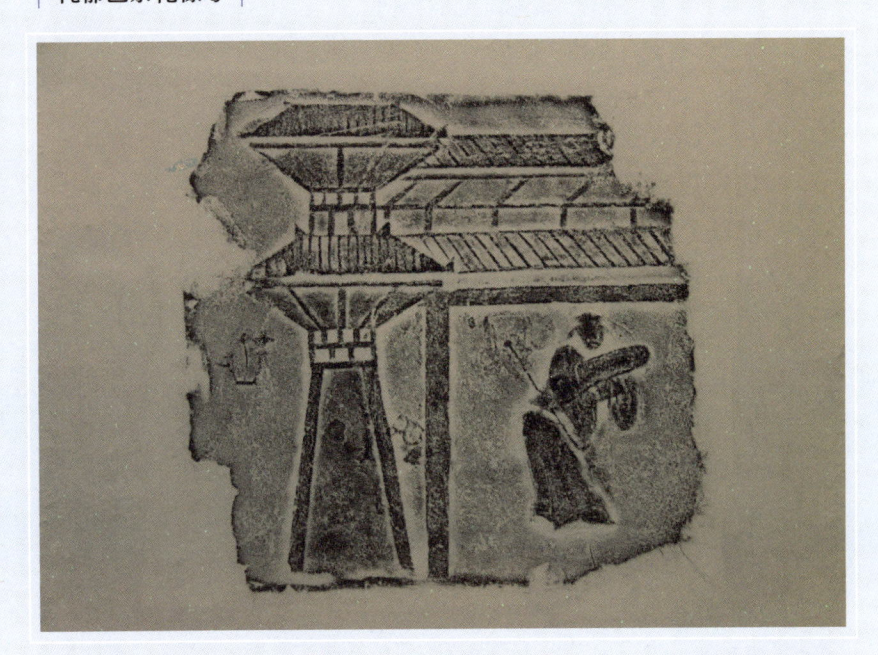

四川汉画像石

揽茝。亦余心之所善兮，虽九死其犹未悔。

【品读】

此段写自己因洁身自好、劝谏君主而被放逐，但并不后悔。先感叹人生多难：太息，叹息；掩涕，抹去泪水；民生，人生。又写如何被放逐：羁（jī），马缰绳和笼头；谇，力谏；此句意为，我虽然以高尚约束自己，但还是早朝上谏，黄昏即被罢官。再写并不因此而后悔：蕙纕（xiāng），用兰蕙香草所编带子；此句大意为，罢免我的原因是因我披着兰蕙之带，加之手握白芷香草；后一句接着申明，这都是我的喜好，即便因此而九死也不后悔。

怨灵修之浩荡兮，终不察夫民心。众女嫉余之蛾眉兮，谣诼谓余以善淫。固时俗之工巧兮，偭规矩而改错。背绳墨以追曲兮，竞周容以为度。

【品读】

此段写国君昏庸、小人横行。首句先写国君：浩荡，此指放纵无度；民心，人心。后三句写小人：众女，谓小人；蛾眉，本指美貌，屈原自比于情操；谣诼（zhuó），诽谤；善淫，沉湎于邪恶；偭（miǎn），违背；改错，即改措，改弦易张；背，背离；追曲，追求曲邪；竞周容以为度，竞相苟且偷生且习以为常。

忳郁邑余侘傺兮，吾独穷困乎此时也。宁溘死以流亡兮，余不忍为此态也。鸷鸟之不群兮，自前世而固然。何方圜之能周兮，夫孰异道而相安？屈心而抑志兮，忍尤而攘诟。伏清白以死直兮，固前圣之所厚。

| 步余马于兰皋兮 |

四川汉画像石

【品读】

此段叙述自己不肯同流合污。前二句写宁死也不与小人为伍：忳（tún）郁邑，忧虑抑郁；侘（chà）傺（chì），不得志之状；溘（kè）死，即溘然而逝，忽然死去；流亡，魂飞魄散。中间二句继续写无法与小人同流合污：鸷（zhī）鸟，鹰；不群，不与其他鸟类为伍；方圜（yuán），即方圆，此句大意为，方与圆如何能共存，道不同如何能相安？后二句表白心志：忍尤攘诟，即忍辱负重；所厚，所看重。

悔相道之不察兮，延伫乎吾将反。回朕车以复路兮，及行迷之未远。步余马于兰皋兮，驰椒丘且焉止息。进不入以离尤兮，退将复修吾初服。

【品读】

此段写自己要重返过去，回归本来。相道之不察，未能认清道路；延伫（zhù），驻留，停止；反，返；复路，返程、回头路；及行迷之未远，趁着迷途未远；步，信步，此指缓缓慢行；兰皋，满是兰草之山岗；进不入，无法仕进；离尤，即罹尤，蒙受责难；修吾初服，穿起我入朝前的平民服装。

制芰荷以为衣兮，集芙蓉以为裳。不吾知其亦已兮，苟余情其信芳。高余冠之岌岌兮，长余佩之陆离。芳与泽其杂糅兮，唯昭质其犹未亏。

【品读】

此段写自己虽曾入仕途，但未受污染。芰（jì）荷，荷叶；"不吾知"句大意为，不赏识我又有何妨，只要我的本性确实如兰草芳香。岌岌，高耸之状；佩，

| 鲧婞直以亡身兮 |

山东汉画像石

玉佩；陆离，长长之状；芳与泽，谓兰芳、玉泽；昭质，高洁品质；亏，损。

忽反顾以游目兮，将往观乎四荒。佩缤纷其繁饰兮，芳菲菲其弥章。民生各有所乐兮，余独好修以为常。虽体解吾犹未变兮，岂余心之可惩！

【品读】

此段写自己洁身自好之心不可改易。游目，眺望；四荒，四方；芳菲菲，芳气四溢；弥章，弥彰，日益显著；好修，乐于修身，洁身自好；体解，身碎，即死；惩，悔恨，此言我之心志岂会因此而悔恨。

女媭之婵媛兮，申申其詈予。曰："鲧婞直以亡身兮，终然夭乎羽之野。汝何博謇而好修兮，纷独有此姱节？薋菉葹以盈室兮，判独离而不服。众不可户说兮，孰云察余之中情？世并举而好朋兮，夫何茕独而不予听？"

【品读】

此段借女巫媭（xū）之口，表明自己的孤傲本志。婵（chán）媛（yuán），牵连不舍；申申，反复；詈（lì）予，责备我；鲧，大禹之父，尧帝时大臣，因刚正劝谏而被杀于羽山之野。婞（xìng）直，正直；夭乎，死于；博謇，多上直言；纷独，与众不同；姱节，美好情操；薋（zī），汇集；菉（lù）、葹（shī），均为恶草名；判独离，独自离开；不服，不佩戴；户，语助词；云，语助词；此句大意为，众人不可理喻，谁能知道我的内心？并举而好朋，互相吹

| 羿淫游以佚畋兮 |

河南汉画像石

捧，结为朋党；茕（qióng）独，孤独、孤傲；不予听，不听我之言。

  依前圣以节中兮，喟凭心而历兹。济沅湘以南征兮，就重华而陈辞：

【品读】
  此段写自己南行之意。节中，把握自己，不偏不倚；喟（kuì），叹息；凭心，忧愤之心；历兹，至此；沅、湘，湖南境内二条大江；重华，舜帝之名，相传舜帝南巡，死于沅湘一带的九疑山。

  启《九辩》与《九歌》兮，夏康娱以自纵。不顾难以图后兮，五子用失乎家巷。羿淫游以佚畋兮，又好射夫封狐。固乱流其鲜终兮，浞又贪夫厥家。

【品读】
  此段是屈原陈辞的一部分，写自夏启建夏后，太康至寒浞诸人的荒淫无道。启，夏王朝开国之君，相传从上天处得到《九辩》《九歌》等古乐；启死后，太康即位，即夏康，沉湎于享乐，其五个兄弟发生内争，使夏王朝陷于动荡之中，后羿乘机叛乱，夺得政权，但同样残暴奢靡。其部下寒浞杀后羿，占有其妻妾室家。五子，即太康之五兄弟；家巷，内哄，内乱；淫游佚畋，游乐畋猎无度；封狐，大狐；乱流，淫乱之流；鲜终，少有善终；厥家，其家。

  浇身被服强圉兮，纵欲而不忍。日康娱而自忘兮，厥首用夫颠陨。夏桀之常违兮，乃遂焉而逢殃。

| 汤禹俨而祗敬兮 |

山东汉画像石

后辛之菹醢兮，殷宗用而不长。

【品读】

此段仍是屈原陈辞的一部分，叙述浇、夏桀与殷纣的暴虐。浇为寒浞之子，寒浞夺取夏政后，浇被分封到过，此人力大无比，也是行暴虐之政，后被少康所杀；夏桀是夏王朝最后一位君主，荒淫无度，被商汤所灭；后辛，即商朝最后一位君主纣王，滥用酷刑，曾把其忠臣九侯剁成肉酱，亦即菹（zū）醢（hǎi）；被服，自恃；强圉（yǔ），强力；不忍，不节制；康娱，淫乐；厥首，其首；用夫，因此；颠陨，落地；常违，违常；遂焉，因而；殷宗，殷商宗祀；用而不长，因此不长。

汤禹俨而祗敬兮，周论道而莫差。举贤而授能兮，循绳墨而不颇。皇天无私阿兮，览民德焉错辅。夫维圣哲以茂行兮，苟得用此下土。

【品读】

此段仍是屈原陈辞的一部分，写贤君治国用贤。汤禹，商汤与夏禹；俨（yǎn），庄重；祗（zhī）敬，恭敬，敬畏；周，周文王、武王之世；论道，以正道治国；不颇，不偏颇；私阿，偏爱；错辅，措辅，此句意为，皇天无私，洞察人之德行而置于辅佐之位；茂行，良行，优异之行；苟得，方得；用，拥有；下土，天下之土地，即天下。

瞻前而顾后兮，相观民之计极。夫孰非义而可用兮，孰非善而可服？阽余身而危死兮，览余初其犹未悔。不量凿而正枘兮，固前修以菹醢。曾歔欷余郁邑

| 吾令羲和弭节兮 |

河南汉画像石

兮，哀朕时之不当。揽茹蕙以掩涕兮，沾余襟之浪浪。

【品读】

此段仍是屈原陈辞的一部分，写自己的感受。相观民之计极，观察人们判断是非的标准；可服，可以服众；阽（diàn），面临险境，此句言我身处险境几乎丧命；凿，凿出的孔洞；枘（ruì），榫头；此句言不衡量凿出的孔洞，就硬往里安装木榫，这就是前代圣贤被菹醢的原因；时之不当，生不逢时；茹蕙，柔软之蕙兰；浪浪，泪水不断。

跪敷衽以陈辞兮，耿吾既得此中正。驷玉虬以乘鹥兮，溘埃风余上征。朝发轫于苍梧兮，夕余至乎县圃。欲少留此灵琐兮，日忽忽其将暮。吾令羲和弭节兮，望崦嵫而勿迫。路漫漫其修远兮，吾将上下而求索。

【品读】

此段写自己要乘风远去，前往天庭。敷衽，敞开衣襟；耿，明亮；此言我已得中正之道，前途光明；驷，本指驾车之驷马，此喻驾驭；虬，无角龙；鹥（yī），一种凤鸟；溘，迅疾；埃风，卷起尘埃之狂风；上征，升空；发轫（rèn），即发车、出发，轫为刹住车轮之横木，发轫，即去除轫木；苍梧，即九疑山；县圃，昆仑山的一处神峰；灵琐，即灵薮，神灵聚集之处；羲和，为太阳驾车之神；弭节，按住缰绳，不使前行；崦（yān）嵫（zī），西方神山，为日落之处；修远，悠远、绵长。

饮余马于咸池兮，总余辔乎扶桑。折若木以拂日兮，聊逍遥以相羊。前望舒使先驱兮，后飞廉使

| 登闻风而又缧马 |

四川汉画像石

奔属。鸾皇为余先戒兮,雷师告余以未具。吾令凤鸟飞腾兮,继之以日夜。飘风屯其相离兮,帅云霓而来御。纷总总其离合兮,斑陆离其上下。

【品读】

此段继续叙述前往天庭之行程。咸池,太阳神洗浴之池;总,拴、系;扶桑,东方神树,为太阳升起之处;若木,西方神树,为太阳落下之处;相羊,即徜徉;望舒,驾驶月车之神;飞廉,风神;奔属,奔跑跟随;鸾皇,鸾鸟、凤凰;先戒,先行戒严,清道;未具,尚未准备好;飘风,旋风;相离,即相丽,相依附;来御,前来迎候;总总,林林总总;斑,斑烂;陆离,色彩艳丽,此句大意为,云虹纷纭,林林总总,时分时合;斑烂绚丽,上下涌动。

吾令帝阍开关兮,倚阊阖而望予。时暧暧其将罢兮,结幽兰而延伫。世溷浊而不分兮,好蔽美而嫉妒。

【品读】

此段写到达天庭后的遭遇。帝阍（hūn）,天庭之守门神;开关,打开门栓;阊（chāng）阖（hé）,天门;时暧暧,时光昏暗;延伫,站立、停留;溷（hùn）浊,污浊。

朝吾将济于白水兮,登阆风而绁马。忽反顾以流涕兮,哀高丘之无女。溘吾游此春宫兮,折琼枝以继佩。及荣华之未落兮,相下女之可诒。

| 凤皇既受诒兮 |

四川汉画像石

【品读】

此段叙述在天庭被冷遇后的想法。白水,源于昆仑山,相传饮后长生不老;阆(láng)风,昆仑山上之峰名,神仙所居;緤(xiè),拴住;高丘,高山,此指昆仑山;春宫,东方之神青帝所居;琼枝,玉树之枝,此言折取琼枝添加到我的佩饰上;荣华,草木之花,草之花为华,树之花为荣;下女,凡界美女;诒(yí),赠送;此句大意为,趁着草木之花未落,到凡间寻找可以赠花之美女。

吾令丰隆乘云兮,求宓妃之所在。解佩纕以结言兮,吾令謇修以为理。纷总总其离合兮,忽纬繣其难迁。夕归次于穷石兮,朝濯发乎洧盘。保厥美以骄傲兮,日康娱以淫游。虽信美而无礼兮,来违弃而改求。

【品读】

此段写屈原前去寻觅宓(fú)妃之经过。丰隆,雷神;宓妃,伏羲氏之女,溺死于洛水,为洛神;纕(xiāng),佩带;结言,写下书信;謇修,贤人;理,信使;纬繣(huà),固执;难迁,难改;此言宓妃性情多变,本性难移;穷石,山名,后羿所居;濯发,洗发;洧(wěi)盘,水名,发自崦嵫山;厥美,其美;淫游,过度游乐;来,助词;违弃而改求,放弃宓妃而另寻她人。

览相观于四极兮,周流乎天余乃下。望瑶台之偃蹇兮,见有娀之佚女。吾令鸩为媒兮,鸩告余以不好。雄鸠之鸣逝兮,余犹恶其佻巧。心犹豫而狐疑兮,欲自适而不可。凤皇既受诒兮,恐高辛之先我。欲远集而无所止兮,聊浮游以逍遥。

| 索葽茅以筵簹兮 |

四川汉画像石

【品读】

　　此段写屈原前去寻觅简狄之经过。览相观，遍观；四极，四方；周流，周游；瑶台，在昆仑山上，神仙所居；偃蹇，高耸；有娀（sōng）之佚女，有娀氏部落之美女简狄，为帝喾之次妃，相传吞燕卵而生商朝始祖契；鸩（zhèn），一种有毒的鸟；佻（tiāo）巧，轻佻；自适，自己前去；诒，赠送；高辛，帝喾名号；此句大意为，凤凰已经为她送去燕卵，恐怕帝喾要先我一步；集，鸟栖于林，远集，远去他处栖身。

　　及少康之未家兮，留有虞之二姚。理弱而媒拙兮，恐导言之不固。世溷浊而嫉贤兮，好蔽美而称恶。闺中既以邃远兮，哲王又不寤。怀朕情而不发兮，余焉能忍与此终古！

【品读】

　　此段以待字闺中的少女自比，感叹无人能识。少康，夏代中兴之君；未家，未娶妇成家之时；虞之二姚，有虞氏的二个女儿，少康避难于有虞氏时，二女嫁之；理，信使；导言，和合牵约之言；不固，不牢靠；闺中，闺房之中；邃远，深远；哲王，楚王；不寤，不悟；怀朕情之句大意为，我满怀壮志而无法实现，怎能永远压抑下去。

　　索藑茅以筳篿兮，命灵氛为余占之。曰："两美其必合兮，孰信修而慕之？思九州之博大兮，岂唯是其有女？"

| 欲从灵氛之吉占兮 |

河南汉画像石

【品读】

　　此段写屈原向神巫灵氛诉说苦闷，请其占卜。索，取来；藑（qióng）茅，草名，可占卜；筵（tíng）篿（zhuān），竹片，亦用于占卜；"两美"句大意为，两人相貌秀美就会结合，谁能做到只要真正美丽就会倾心爱慕？"思九州"句大意为，思九州之广大，岂只有此一女。

　　　　曰："勉远逝而无狐疑兮；孰求美而释女？何所独无芳草兮，尔何怀乎故宇？世幽昧以眩曜兮，孰云察余之善恶？民好恶其不同兮，惟此党人其独异。户服艾以盈要兮，谓幽兰其不可佩。览察草木其犹未得兮，岂珵美之能当？苏粪壤以充帏兮，谓申椒其不芳。"

【品读】

　　此段是灵氛对屈原的劝解。勉，劝勉；孰求美而释女，求美之人谁会赏识你；故宇，故居、故乡；此句意为，天下何处无芳草，何必如此留恋故乡？眩（xuàn）曜，迷乱；此句意为，世道黑暗迷乱，谁会在乎我是善是恶？户，助词；服艾以盈要，将艾草挂满腰；珵（chéng），美玉；能当，能鉴赏；苏，取；帏（wéi），香囊。

　　　　欲从灵氛之吉占兮，心犹豫而狐疑。巫咸将夕降兮，怀椒糈而要之。百神翳其备降兮，九疑缤其并迎。皇剡剡其扬灵兮，告余以吉故。

宁戚之讴歌兮

四川汉画像石

【品读】

此段写屈原想听从灵氛之言，但又犹豫不决，恰又逢另一神巫咸要降临，遂迎候请教。夕降，夜晚降临；糈（xǔ），精米；要之，邀之；翳（yì）其备降，遮天蔽日一同降下；九疑，九疑山诸神；缤，纷纷；皇剡（yǎn）剡，闪闪发光；扬灵，显灵；吉故，美好的典故。

曰：勉升降以上下兮，求矩 矱所同。汤禹严而求合兮，挚咎繇而能调。苟中情其好修兮，又何必用夫行媒？说操筑于傅岩兮，武丁用而不疑。

【品读】

此段记巫咸之言。勉升降以上下，勉力去上下寻觅；矩、矱（huò），均为度量工具，此指规矩、法式、要求；严，严肃，认真；求合，寻求志同道合者；挚，商汤时贤相伊尹；咎繇（yáo），禹时贤臣皋陶；能调，能寻觅到；苟，如果；说，商高宗时贤臣傅说；操筑于傅岩，在傅岩夯土筑墙；武丁，商高宗名武丁。

吕望之鼓刀兮，遭周文而得举。宁戚之讴歌兮，齐桓闻以该辅。及年岁之未晏兮，时亦犹其未央。恐鹈鴂之先鸣兮，使夫百草为之不芳。

【品读】

此段仍是巫咸之言。吕望，即姜尚、姜太公；鼓刀，举刀，吕望曾为屠夫，此以鼓刀言其出身；周文，周文王，吕望老年后，在渭水之滨垂钓，遇周文王，

| 惟此党人之不谅兮 |

河南汉画像石

被委以重任；宁戚，春秋时人；该辅，充任辅佐之臣，宁戚不得志时，以经商为生，一次，在临淄客舍叩击牛角而歌，被齐桓公发现，任用为客卿；未晏，未晚；未央，未尽之时；鹈（tí）鴂（jué），即杜鹃，相传此鸟鸣时，便是春季结束，百花纷谢之时。

何琼佩之偃蹇兮，众薆然而蔽之？惟此党人之不谅兮，恐嫉妒而折之。时缤纷其变易兮，又何可以淹留？兰芷变而不芳兮，荃蕙化而为茅。

【品读】

此段是屈原之感慨，感叹琼佩被小人掩蔽。偃蹇，高耸；薆（xuān）然，遮蔽之状；不谅，不诚信；兰芷荃蕙，均为芳草，此言此地小人猖獗，兰芷荃蕙这样的芳草也会失去芬芳，转化为茅草。

何昔日之芳草兮，今直为此萧艾也？岂其有他故兮？莫好修之害也！余以兰为可恃兮，羌无实而容长。委厥美以从俗兮，苟得列乎众芳。

【品读】

此段仍是屈原的感慨，责问昔日的兰草为何会舍弃自我而从俗。萧，蒿类杂草；艾，艾蒿，萧艾，谓野蒿杂草；莫好修，不洁身自好；羌，助词；无实而容长，华而不实；委厥美，放弃其美。

椒专佞以慢慆兮，榝又欲充夫佩帏。既干进而务

| 聊浮游而求女 |

河南汉画像石

入兮,又何芳之能祇?固时俗之流从兮,又孰能无变化?览椒兰其若兹兮,又况揭车与江离?

【品读】

此段仍是屈原的感慨,感叹鱼龙混杂以及椒兰香草之被流俗改变。专佞,对下专横,对上佞媚;慢慆(tāo),傲慢;樧(shā),食茱萸,木本,其籽辛辣;佩帏,香囊;干进、务入,钻营进入;祇(qí),扩大,此言,如何能使芳香四溢;"固时俗"句意为,时俗本就上下仿效,谁能不被改变?若兹,如此;又况,又何况。

惟兹佩之可贵兮,委厥美而历兹。芳菲菲而难亏兮,芳至今犹未沫。和调度以自娱兮,聊浮游而求女。及余饰之方壮兮,周流观乎上下。

【品读】

此段仍是屈原之感叹,表达自己的坚守与昂扬之志。第一句言我所佩玉之可贵,放下高贵而随我磨难至此;第二句言真正的香草芳菲不减,至今芬香不泯;调度之调,谓行走时佩玉之声,度谓步伐之整齐;浮游,周游;女,美女;及余饰之方壮,趁我的佩饰最为闪亮之时。

灵氛既告余以吉占兮,历吉日乎吾将行。折琼枝以为羞兮,精琼爢以为粻。为余驾飞龙兮,杂瑶象以为车。何离心之可同兮,吾将远逝以自疏。

| 腾众车使径待 |

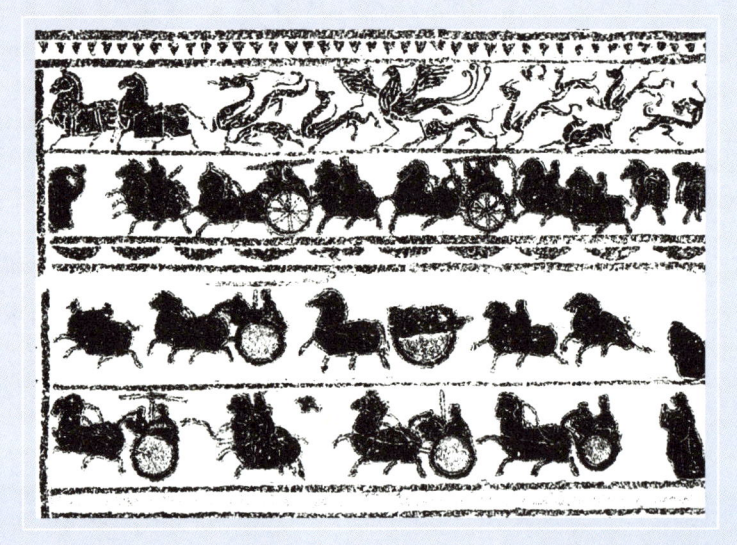

山东汉画像石

【品读】

　　此段写屈原为自己设计的未来之路。吉占，吉利的占辞；羞，菜肴；琼靡（mí），玉屑，粮（zhāng），米粮；此言将玉屑碾细作为米粮；瑶象，美玉和象牙；此指以美玉和象牙为车饰；"何离心"句，意为既已离心离德如何还能共处，我将远去而疏离。

　　　　遭吾道夫昆仑兮，路修远以周流。扬云霓之晻
　　蔼兮，鸣玉鸾之啾啾。朝发轫于天津兮，夕余至乎西
　　极。凤皇翼其承旂兮，高翱翔之翼翼。

【品读】

　　此段仍在描述未来之路。遭（zhān），转向；道夫昆仑，导向昆仑山；云霓（ní），云和彩虹，此指以云朵彩虹为旗；晻（ǎn）蔼，繁盛、浩浩荡荡；啾（jiū）啾，象声词；天津，天河渡口；承旂，支起大旗；翼翼，整齐。

　　　　忽吾行此流沙兮，遵赤水而容与。麾蛟龙使梁
　　津兮，诏西皇使涉予。路修远以多艰兮，腾众车使径
　　待。路不周以左转兮，指西海以为期。

【品读】

　　此段继续描述未来之路。遵赤水，沿着赤水河；容与，从容；麾，指挥；使梁津，使其在渡口作为桥梁；西皇，少皞帝，此言意为，命令西皇助我渡水；腾，传令；径待，侍卫在路傍；路，途经；不周，不周山；以为期，为目标，为目的地。

| 仆夫悲余马怀兮 |

河南汉画像石

屯余车其千乘兮，齐玉轪而并驰。驾八龙之蜿蜒兮，载云旗之委蛇。抑志而弭节兮，神高驰之邈邈。奏《九歌》而舞《韶》兮，聊假日以媮乐。

【品读】

此段仍是描述未来之路。屯，屯积、汇集；玉轪（dài），玉轮；蜿蜒，起伏前行之状；委蛇，时屈时展之状；抑志，即抑帜，放下旗帜；弭节，止住车轮；邈邈，高远之状；韶，即韶乐，舜时乐曲；媮（yú）乐，即愉乐。

陟升皇之赫戏兮，忽临睨夫旧乡。仆夫悲余马怀兮，蜷局顾而不行。

【品读】

此段写决意远行之际对家国之眷恋。陟（zhì），升起；皇，太阳；赫戏，光芒普照；临睨（nì），俯视；仆夫，仆人；马怀，马也悲伤；蜷（quán）局，蜷曲；顾，回头。

乱曰：已矣哉！国无人莫我知兮，又何怀乎故都？既莫足与为美政兮，吾将从彭咸之所居！

【品读】

此段为收尾之章，楚辞中最末一部分称"乱"。莫足与为美政，不能为善政；彭咸，殷代贤臣，投水而亡。

| 龙驾兮帝服 |

河南汉画像石

云中君

屈 原

此篇为云神之歌,为祭云神而作,集中描述了云中君之光彩,又缀以凡间之人的思念与神伤。

浴兰汤兮沐芳,华采衣兮若英。灵连蜷兮既留,烂昭昭兮未央。

【品读】

先写仰观者:沐浴兰草香汤后,又穿上华丽衣着,艳美如花;再写天上之云中君:灵,云中君;连蜷(quán),绵延弯曲;烂昭昭,灿烂光明;未央,未尽,未止。

蹇将憺兮寿宫,与日月兮齐光。龙驾兮帝服,聊翱游兮周章。

【品读】

继续描绘云中君。蹇(jiǎn),助词;憺(dàn),安然、安静;寿宫,供

| 思夫君兮太息 |

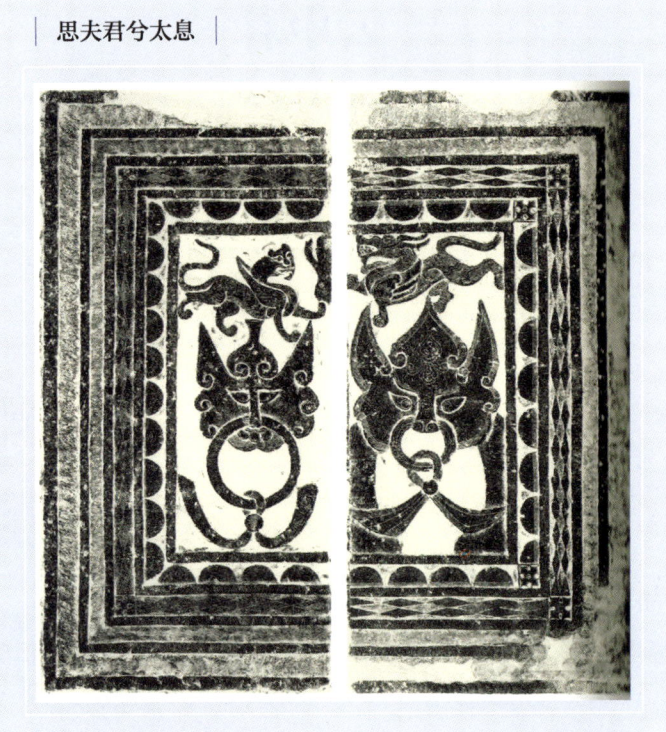

陕西汉画像石

神之宫；帝服，五方之帝的华美服饰；周章，即周流，来去自如。

灵皇皇兮既降，猋远举兮云中。览冀州兮有余，横四海兮焉穷。思夫君兮太息，极劳心兮忡忡。

【品读】

此段写云中君之功德以及人间之思念。皇皇，美丽光明之貌；猋（biāo），犬奔跑之状，此喻疾速；远举，升空远去；冀州，古九州之首；横，横行；焉穷，无有穷极；夫君，指云中君；忡（chōng）忡，即忡忡，忧心忡忡。

| 山鬼 |

河南汉画像石

山 鬼

屈 原

　　山鬼其实是一位情感丰富，向往美好爱情的女性山神，该篇就是对她从相思到失恋全过程的描摹，情景交融，如梦如幻。

　　若有人兮山之阿，被薜荔兮带女萝。既含睇兮又宜笑，子慕予兮善窈窕。

【品读】

　　此段写山鬼初现于山阿。山之阿，山弯曲处，山坡；被，穿戴；薜（bì）荔（lì），一种蔓生木本植物，又名木莲；女萝，一种地衣类植物，与薜荔均生长于荒僻之处；含睇（dì），含情脉脉；宜笑，言其笑容之美；子慕予，你爱慕我，此处之予为山鬼自指。

　　乘赤豹兮从文狸，辛夷车兮结桂旗。被石兰兮带杜衡，折芳馨兮遗所思。

【品读】

　　此段写山鬼之出行，骑着赤豹，带着花狸，香木作车，香草为饰。辛夷，一种

| 怨公子兮怅忘归 |

河南汉画像石

香木；桂旗，桂木为旗杆；石兰、杜衡，均为香草；芳馨（xīn），芬芳之香草。

余处幽篁兮终不见天，路险难兮独后来。表独立兮山之上，云容容兮而在下。

【品读】

此段是山鬼上山后的自述。幽篁（huáng），密密的竹林；独后来，因此而迟到；表，突出之状；容容，飘动、浮动之状。

杳冥冥兮羌昼晦，东风飘兮神灵雨。留灵修兮憺忘归，岁既晏兮孰华予？

【品读】

此段写山鬼思君之惆怅。杳（yǎo）冥冥，昏暗连天；羌，助词；昼晦，白天如同夜色；神灵雨，雨神所降之雨；留灵修，等待你；灵修，山鬼所思之人；憺（dàn）忘归，淡然忘归；岁既晏，年岁已老；孰华予，谁能将荣华给予我。

采三秀兮於山间，石磊磊兮葛蔓蔓。怨公子兮怅忘归，君思我兮不得闲。

【品读】

此段写山鬼对公子不归的自慰。三秀，灵芝草；石磊磊，山石堆积；葛蔓

| 猿啾啾兮狖夜鸣 |

河南汉画像石

蔓，葛藤蔓绕；怅忘归，惆怅忘归；此言山鬼因思念公子而惆怅忘归，接着，又自我宽慰，认定公子并非不思念我，而是君思我兮不得闲。

　　山中人兮芳杜若，饮石泉兮荫松柏。君思我兮然疑作。

【品读】
　　此段写山鬼之纯洁清香，对所思之人已生疑虑。然疑，肯定与怀疑，此言对心上人是否同样思我，已不肯定。

　　雷填填兮雨冥冥，猿啾啾兮狖夜鸣。风飒飒兮木萧萧，思公子兮徒离忧。

【品读】
　　此段写山鬼对所思之人的绝望。雷填填，雷声隆隆；雨冥冥，雨色昏暗；狖（yòu），一种长尾猿；徒离忧，即徒罹忧，徒然陷于忧伤之中。

| 操吴戈兮被犀甲 |

山东汉画像石

国 殇

屈 原

此篇是祭奠为国捐躯将士的挽歌,写得惊天地泣鬼神,荡气回肠。

操吴戈兮被犀甲,车错毂兮短兵接。旌蔽日兮敌若云,矢交坠兮士争先。凌余阵兮躐余行,左骖殪兮右刃伤。霾两轮兮絷四马,援玉枹兮击鸣鼓。天时怼兮威灵怒,严杀尽兮弃原野。

【品读】

此段写楚国将士为国捐躯之壮烈。吴戈,吴地所产之戈,指锋利良戈;犀甲,犀牛皮所做之甲;车错毂(gǔ),车轮交错;短兵接,以短兵器刀剑之类交战;凌余阵,侵犯我方战阵;躐(liè)余行,冲击我方行列;左骖(cān),左侧驾车之马;殪(yì),死;右刃伤,右骖也被剑刃所伤;霾,即埋,此谓车轮陷下;絷(zhí),拴住,此谓驾车之马难以前行;援玉枹(fú),拔出玉鼓槌;怼(duì),怨;此句谓天怨神怒;严杀,壮烈而死。

| 魂魄毅兮为鬼雄 |

河南汉画像石

出不入兮往不反，平原忽兮路超远。带长剑兮挟秦弓，首身离兮心不惩。诚既勇兮又以武，终刚强兮不可凌。身既死兮神以灵，魂魄毅兮为鬼雄。

【品读】

此段讴歌亡者之精神。忽，遥遥；不惩，不悔；魂魄毅兮为鬼雄，魂魄刚毅，足为鬼中雄杰。

| 出国门而轸怀兮 |

山东汉画像石

哀 郢

屈 原

郢即楚国都城，在今湖北省江陵县西北，王逸曰："此章言已虽被放，心在楚国，徘徊而不忍去，蔽于谗谄，思见君而不得。故太史公读《哀郢》而悲其志也。"

皇天之不纯命兮，何百姓之震愆？民离散而相失兮，方仲春而东迁。去故乡而就远兮，遵江夏以流亡。

【品读】

皇天，此指楚王；纯命，施纯一之政，亦即施德政；震，行为；愆（qiān），罪过；震愆即摇手触禁，动辄得咎；仲春，即农历二月；江、夏，长江及其支流夏水，遵江夏，即沿着长江与夏水而行。

出国门而轸怀兮，甲之鼂吾以行。发郢都而去闾兮，荒忽其焉极。楫齐扬以容与兮，哀见君而不再得。望长楸而太息兮，涕淫淫其若霰。

【品读】

国门，郢都之门；轸（zhěn）怀，悲伤、伤心；鼂（cháo），通"朝"，

| 哀故都之日远 |

山东汉画像石

即早晨，甲之晁，即甲日之晨；去闾，离开闾里故乡；荒忽，即恍惚；其焉极，无有尽头，至极；楫，船桨；容与，徘徊；长楸（qiū），高大的楸树；涕淫淫，涕泪不断；霰（xiàn），空中所降冰粒，此指涕泪。

　　过夏首而西浮兮，顾龙门而不见。心婵媛而伤怀兮，眇不知其所蹠。顺风波以从流兮，焉洋洋而为客。凌阳侯之泛滥兮，忽翱翔之焉薄。

【品读】

夏首，夏水入长江处；顾龙门，回望国门；婵媛，恋恋不舍；眇，遥远；蹠（zhí），脚踏于地，亦即立足之地；焉洋洋，遂洋洋；凌，乘；阳侯，大波之神；薄，止也；焉薄，无所止也，亦即无所立足。

　　心絓结而不解兮，思蹇产而不释。将运舟而下浮兮，上洞庭而下江。去终古之所居兮，今逍遥而来东。

【品读】

絓结，纠结；蹇产，郁冈；运舟而下浮，荡舟沿江而下；去终古之所居，离开自古以来的故乡。

　　羌灵魂之欲归兮，何须臾而忘反。背夏浦而西思兮，哀故都之日远。登大坟以远望兮，聊以舒吾忧心。哀州土之平乐兮，悲江介之遗风。

| 孰两东门之可芜 |

陕西汉画像石

【品读】

羌，助词；须臾，片刻之间；忘反，忘记返回；夏浦，夏水之渡口；大坟，高丘；哀州土之平乐，感伤故土之富饶安乐；江介之遗风，江岸之民风异于郢都故乡，故其悲感不已。

　　当陵阳之焉至兮，淼南渡之焉如？曾不知夏之为丘兮，孰两东门之可芜？心不怡之长久兮，忧与愁其相接。

【品读】

陵阳，即大波之神阳侯；焉至，无所至；淼，浩淼之水；焉如，如何？夏，大厦，此句谓不知故乡之大厦是否已成土丘？谁又知两座东门是否荒芜？不怡，不快乐。

　　惟郢路之辽远兮，江与夏之不可涉！忽若去不信兮，至今九年而不复。惨郁郁而不通兮，蹇侘傺而含慼。

【品读】

郢路，返回郢城之路；辽远，遥远；忽若，忽然；去不信，因不被信任而离去；惨郁郁，心情惨淡郁忧；蹇，助词；慼，即悲戚。

　　外承欢之汋约兮，谌荏弱而难持。忠湛湛而愿

| 鸟飞反故乡兮 |

河南汉画像石

进兮，妒被离而鄣之。尧舜之抗行兮，瞭杳杳而薄天。众谗人之嫉妒兮，被以不慈之伪名。憎愠惀之修美兮，好夫人之忼慨。众踥蹀而日进兮，美超远而逾迈。

【品读】

汋（chuò）约，即绰约，仪态秀美；谌（chén），实际，的确；荏（rěn）弱，柔弱；难持，难以胜任。此句大意为，小人们虽然能承君主之欢心，实际却柔弱无能难当大任；忠湛湛，忠诚可鉴；愿进，上进、进取；妒被离，因小人嫉妒而被离散；鄣，即障；此句言贤人忠诚可鉴，却因妒嫉而被放逐；抗行，高尚品行；瞭，眼明；杳杳，远之貌；瞭杳杳而薄天，高洁明亮直达天际；不慈之伪名，尧舜均将帝位传给贤人而不传其子，故小人诬其不慈；愠（wěn）惀（lǔn），忠心耿耿；此句言楚王憎恶贤人忠诚之美，喜好小人之忼慨；此处忼慨指巧言令色；接蹀（dié），小步快走，谦恭之貌；美超远而逾迈，贤人被疏远且愈来愈远。

乱曰：曼余目以流观兮，冀壹反之何时？鸟飞反故乡兮，狐死必首丘。信非吾罪而弃逐兮，何日夜而忘之？

【品读】

曼，遥远之貌；此句大意为，极目远望，不知期盼的故乡何时得返？首丘，面向山丘，意为面向家乡故土；信非吾罪，实非我之罪；何日夜而忘之？谓昼夜思君，并未相忘。

| 抚情效志兮 |

河南汉画像石

怀 沙

屈 原

王逸曰：此章言己虽放逐，不以穷困易其行，小人蔽贤，群起而攻之。举世之人，无知我者。思古人而不得见，仗节思义而已。太史公曰：乃作《怀沙》之赋，遂自投汨罗以死。

滔滔孟夏兮，草木莽莽。伤怀永哀兮，汩徂南土。眴兮杳杳，孔静幽默。郁结纡轸兮，离慜而长鞠。抚情效志兮，冤屈而自抑。

【品读】

孟夏，初夏；此言孟夏之时，江水滔滔；汩（yù），疾速；徂（cú），前往；眴（shùn），目视；孔静，甚静；此句言江南山高泽深，视之茫茫；野甚清静，寂无人声，纡（yū）轸（zhěn），隐痛，郁结不解；离慜（mǐn），即罹慜，陷于忧患；鞠，窘迫；效志，核验心志；此句言自己总是窘困多病，但核验情志，并无过失，因而，面对如此冤屈只能自我承受，不能改变心志。

刓方以为圜兮，常度未替。易初本迪兮，君子所鄙。章画志墨兮，前图未改。内厚质正兮，大人所盛。

| 凤皇在笯兮，鸡鹜翔舞 |

山东汉画像石

【品读】

刓（wán），刻削；圜，即圆；此句言将方形削刻为圆，并未改变原有法度；迪，道路；此句言，轻易改弦易张，为君子所鄙视；章画志墨，使图案成形，使墨线成定品，此句大意为工匠据图案墨线作成品物，并不改变原有规制；内厚质正，内心敦厚纯正；盛，称赞，赞许。

巧倕不斲兮，孰察其拨正？玄文处幽兮，矇瞍谓之不章。离娄微睇兮，瞽以为无明。变白以为黑兮，倒上以为下。

【品读】

巧倕（chuí），尧时的巧匠，名倕；斲（zhuó），砍削；拨正，将曲木变直；玄文，黑色文饰；处幽，在幽暗处；矇（méng）瞍（sǒu），盲人；不章，不清；离娄，黄帝时代一位目明善视之人；微睇（dì），微眯眼睛斜视；瞽（gǔ），盲人。

凤皇在笯兮，鸡鹜翔舞。同糅玉石兮，一概而相量。夫惟党人之鄙固兮，羌不知余之所臧。

【品读】

笯（nú），鸡鸭之笼；鹜（wù），野鸭；糅，杂糅；此句言将美玉与石头杂混一处，一概衡量；鄙固，因循守旧；羌，助词，臧，美好，善良。

| 进路北次兮 |

山东汉画像石

任重载盛兮，陷滞而不济。怀瑾握瑜兮，穷不知所示。邑犬之群吠兮，吠所怪也。非俊疑杰兮，固庸态也。

【品读】

瑾、瑜，均为美玉；非，诽谤；此段大意为，我肩负重任，却深陷泥淖，滞留而难成。怀握美玉，实在不知向谁展示。村中群犬狂吠，只是吠其所不识。诽谤怀疑俊杰，本就是庸人之态。

　　文质疏内兮，众不知余之异采。材朴委积兮，莫知余之所有。重仁袭义兮，谨厚以为丰。重华不可遌兮，孰知余之从容？古固有不并兮，岂知其何故？汤禹久远兮，邈不可慕也。

【品读】

文质疏内，此屈原自谓，指文质彬彬，心胸阔达；材朴，良材和原木，此谓良莠不分，堆积一处；重仁袭义，重视继承仁义；谨厚以为丰，以谦谨厚重充实自身；重华，舜帝之名；遌（è），遇；古固有不并，古来就已有不遇明君之事；邈不可慕也，太过久远，难以企及。

　　惩违改忿兮，抑心而自强。离愍而不迁兮，愿志之有象。进路北次兮，日昧昧其将暮。舒忧娱哀兮，限之以大故。

| 修路幽蔽，道远忽兮 |

四川汉画像石

【品读】

惩，惩戒、改正；违，恨；惩违改忿，不再愤怨；抑心，抑制己心；不迁，不改；愿志之有象，愿此志此行留传后世，为人效法；象，效法；北次，北上驻留；此句言自己有北上返乡之心，但无君命，只好驻留，而天昏将暮，恐归乡无期；舒忧娱哀，舒解忧愁；大故，死；限之以大故，到死为止都是如此。

乱曰：浩浩沅湘，分流汨兮。修路幽蔽，道远忽兮。怀质抱情，独无匹兮。伯乐既没，骥焉程兮。万民之生，各有所错兮。定心广志，余何畏惧兮。曾伤爰哀，永叹喟兮。世溷浊莫吾知，人心不可谓兮。知死不可让，愿勿爱兮。明告君子，吾将以为类兮。

【品读】

怀质艳情，怀拥质纯之心，抱有忠诚之情；程，衡量；骥焉程，如何能衡量发现千里马；错，措，安排；爰哀，痛哭哀伤；知死不可让，知死不可避免；愿勿爱，不再爱怜身体生命；以为类，以你们为同类，亦即要去阴间与前代贤人君子相会。

| 后皇嘉树，橘徕服兮 |

山东汉画像石

橘 颂

屈 原

此篇为屈原早年作品，借物咏志，开后世同类作品之先河。

　　后皇嘉树，橘徕服兮。受命不迁，生南国兮。深固难徙，更壹志兮。绿叶素荣，纷其可喜兮。

【品读】

后皇，皇天后土，亦即天地之间；徕服，即来服，来归附，此谓橘为后皇嘉树，来到南国；素荣，素花、白花；纷其可喜，缤纷绽放，令人喜爱。

　　曾枝剡棘，圆果抟兮。青黄杂糅，文章烂兮。精色内白，类可任兮。纷缊宜修，姱而不丑兮。

【品读】

曾枝，即繁枝；剡（yǎn）棘，即尖刺；抟（tuán），圆圆之貌；文章烂兮，纹路鲜明；精色内白，外皮鲜艳，内里洁白；类可任兮，像是可堪大任；纷缊宜修，繁茂美丽；姱（kuā），貌美。

| 愿岁并谢，与长友兮 |

河南汉画像石

嗟尔幼志，有以异兮。独立不迁，岂不可喜兮！深固难徙，廓其无求兮。苏世独立，横而不流兮。闭心自慎，终不失过兮。秉德无私，参天地兮。

【品读】

嗟尔幼志，感叹你自幼之志，便与众不同；廓其无求，胸怀开阔，不求私利；苏，醒悟；苏世独立，在世间清醒而独立；横而不流，不随波漂流；秉德，持德；参天地，可参配天地，无愧于天地。

愿岁并谢，与长友兮。淑离不淫，梗其有理兮。年岁虽少，可师长兮。行比伯夷，置以为象兮。

【品读】

愿岁并谢，愿与橘树共渡岁月到尽头；淑离，美善；不淫，不过份，不越规；梗，坚强；梗其有理，坚守真理；伯夷，商末贤人，周灭商后，隐居首阳山，宁死不食周粟；置以为象，以为榜样。

| 屈原既放,游于江潭 |

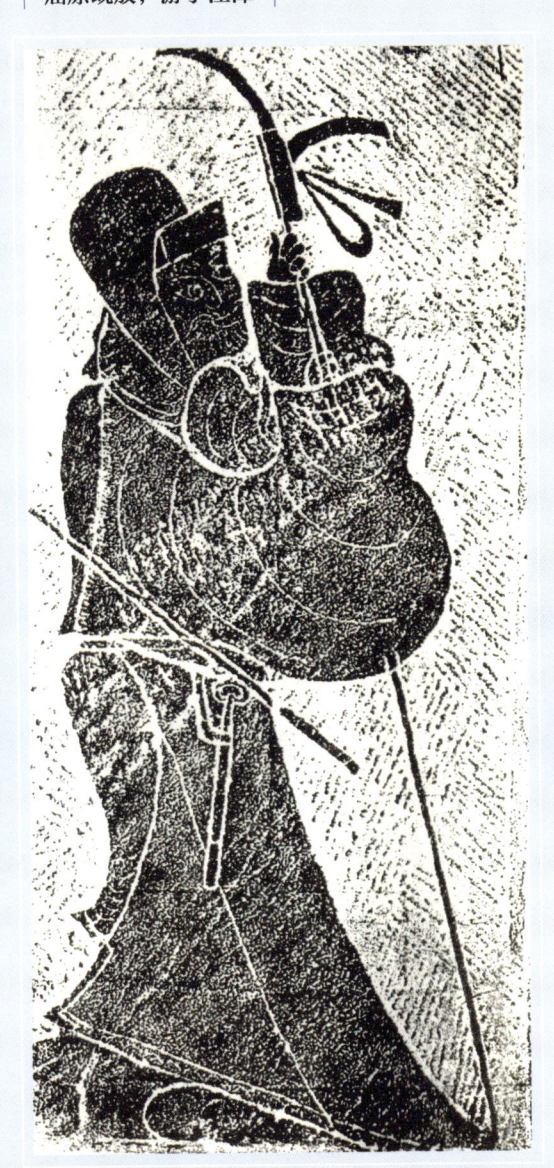

河南汉画像石

渔 父

屈 原

王逸曰：《渔父》者，屈原之所作也。屈原放逐，在江湘之间，忧愁叹吟，仪容变易。而渔父避世隐身，钓鱼江滨，欣然自乐。时遇屈原川泽之域，怪而问之，遂相应答。楚人思念屈原，因叙其辞以相传焉。

屈原既放，游于江潭，行吟泽畔。颜色憔悴，形容枯槁。渔父见而问之，曰："子非三闾大夫欤？何故至于斯？"

【品读】

既放，已被流放；江潭，江畔；形容枯槁，身体瘦弱；三闾大夫，楚国官职，屈原曾任此职；子非三闾大夫欤？你不是三闾大夫吗？

屈原曰："举世皆浊我独清，众人皆醉我独醒，是以见放。"

【品读】

浊，昏浊；见放，被流放。

| 渔父莞尔而笑，鼓枻而去 |

山东汉画像石

渔父曰:"圣人不凝滞于物,而能与世推移。世人皆浊,何不淈其泥而扬其波?众人皆醉,何不餔其糟而歠其醨?何故深思高举,自令放为?"

【品读】

不凝滞于物,不被外界束缚;与世推移,随世间变化而变化;淈(gǔ),搅动;此句谓,何不随波逐流,推波助澜;餔(bū)其糟,吃其酒糟;歠(chuò)其醨(lí),饮其残酒;自令放为,自致流放。

屈原曰:"吾闻之:新沐者必弹冠,新浴者必振衣。安能以身之察察,受物之汶汶者乎?宁赴湘流,葬身于江鱼之腹中,安能以皓皓之白,而蒙世俗之尘埃乎?"

【品读】

弹冠,弹去冠上灰尘;振衣,抖去衣上灰尘;察察,洁白;汶汶,混浊;此句言我怎能以高洁之身,混同于混浊世界;皓皓(hào),洁白明亮。

渔父莞尔而笑,鼓枻而去。歌曰:"沧浪之水清兮,可以濯吾缨;沧浪之水浊兮,可以濯吾足。"遂去,不复与言。

【品读】

鼓枻(yì),敲击船舷;濯(zhuó)吾缨,清洗我冠上缨带。

| 登山临水兮送将归 |

山东汉画像石

九 辩

宋 玉

王逸曰：《九辩》者，楚大夫宋玉所作也。宋玉者，屈原弟子也，悯惜其师，忠而放逐，故作《九辩》以述其志。至于汉兴，刘向、王褒之徒，咸悲其文，依而作词，故号为楚辞。

悲哉，秋之为气也！萧瑟兮草木摇落而变衰，憭栗兮若在远行，登山临水兮送将归。泬寥兮天高而气清，寂寥兮收潦而水清。憯凄增欷兮薄寒之中人，怆怳懭悢兮去故而就新。坎廪兮贫士失职而志不平，廓落兮羁旅而无友生，惆怅兮而私自怜。

【品读】

憭（liáo）栗（lì），悽怆；若在远行，人在远方；送将归，客死他乡，送归故土；泬（xuè）寥，萧条；潦，雨水；收潦，谓雨水停歇；憯（cǎn）凄，悲痛之貌；增欷（xī），不断地泣叹；怆怳（huǎng），悲伤、失意；懭（kuǎng）悢（lǎng），与怆同义；坎廪（lǐn），穷困潦倒；廓落，空寂；羁（jī）旅而无友生，远客寄居，孤单无友。

燕翩翩其辞归兮，蝉寂寞而无声。雁雍雍而南游兮，鹍鸡啁哳而悲鸣。独申旦而不寐兮，哀蟋蟀之宵征。时亹亹而过中兮，蹇淹留而无成。

| 车既驾兮揭而归 |

山东汉画像石

【品读】

雍雍，整齐、和乐之貌；鹍(kūn)鸡，一种类鹤的鸟；啁（zhāo）哳（zhā），声音繁细之貌；申旦，至旦，至天明；不寐，不眠；宵征，夜晚活动；亹（wěi）亹，渐渐；蹇，助词；淹留，停留不前。

悲忧穷戚兮独处廓，有美一人兮心不绎。去乡离家兮徕远客，超逍遥兮今焉薄？专思君兮不可化，君不知兮可奈何！蓄怨兮积思，心烦憺兮忘食事。

【品读】

穷戚，极度悲伤；廓，空阔；不绎，不解；徕远客，来到远方客居；焉薄，焉止，止于何处；烦憺（dàn），烦忧；食事，食与事。

愿一见兮道余意，君之心兮与余异。车既驾兮揭而归，不得见兮心伤悲。倚结軨兮长太息，涕潺湲兮下沾轼。忼慨绝兮不得，中瞀乱兮迷惑。私自怜兮何极，心怦怦兮谅直。

【品读】

揭（qiè），去；结軨（líng），马车箱体上横木；潺（chán）湲（yuán），涕流之貌；轼，车上扶手；中瞀（mào）乱，内心昏乱；何极，无极；谅直，梗直；心怦怦，谓心中忠诚、正直之貌。

皇天平分四时兮，窃独悲此廪秋。白露既下百草兮，奄离披此梧楸。去白日之昭昭兮，袭长夜之悠

| 揽騑辔而下节兮 |

四川汉画像石

悠。离芳蔼之方壮兮,余萎约而悲愁。

【品读】

四时,即春、夏、秋、冬四季;窃,我;廪秋,即凛秋,寒秋也;奄,忽然;离披,谓落叶纷纷;梧、楸(qiū),梧桐与楸树,均为落叶较早之树;昭昭,明亮;袭,继以,因袭;芳蔼,芳草茂盛;余萎约,剩下枯萎凋零。

秋既先戒以白露兮,冬又申之以严霜。收恢台之孟夏兮,然欲傺而沉藏。叶菸邑而无色兮,枝烦挐而交横;颜淫溢而将罢兮,柯仿佛而萎黄。

【品读】

恢台,广大之貌,又指繁盛;孟夏,初夏;欿(kǎn),洞穴;傺(chì),止也;此句大意为,收起初夏以来之繁盛,转而栖息洞穴深藏不露;菸(yù)邑,颜色变黑;无色,无生色;烦挐(rú),纷乱;淫溢,干萎无泽;罢,残败;柯,树枝;仿佛,色泽暗淡不明。

萷櫹槮之可哀兮,形销铄而瘀伤。惟其纷糅而将落兮,恨其失时而无当。揽骓辔而下节兮,聊逍遥以相伴。岁忽忽而遒尽兮,恐余寿之弗将。

【品读】

萷(xiāo),枯枝;櫹(xiāo)槮(shēn),落叶之后枝干疏离之状;销铄

| 愿一见而有明 |

山东汉画像石

(shuò)，羸弱脱形；瘀，病重；纷糅，纷杂；无当，不遇，此系借落叶为由，谓自己壮年节令已去而未遇明君。揽辔（fēi）辔，握住两侧驾车之马的缰绳；下节，按节，使马慢行；相佯，徜徉；遒（qiú）尽，将尽；余寿之弗将，我之寿命不长。

悼余生之不时兮，逢此世之俇攘。澹容与而独倚兮，蟋蟀鸣此西堂。心怵惕而震荡兮，何所忧之多方？卬明月而太息兮，步列星而极明。

【品读】

悼，痛惜；余生之不时，我生不逢时；俇（guàng）攘（rǎng），混乱、动荡；澹容与，漫步；独倚，独立不群；怵（chù）惕，自惊自警；忧之多方，有多方之忧虑；卬（áng），仰望；步列星而极明，周览星宿，不寐而至天明。

窃悲夫蕙华之曾敷兮，纷旖旎乎都房。何曾华之无实兮，从风雨而飞飏。以为君独服此蕙兮，羌无以异于众芳。闵奇思之不通兮，将去君而高翔。

【品读】

蕙华，蕙草之花；曾敷，层层叠叠；纷旖（yǐ）旎（nǐ），柔美多姿；曾华之无实，层层之花并无果实；飞飏，即飞扬；独服此蕙，只是佩带此蕙草；无以异于众芳，与众芳无异；闵，自怜，自我悲悯；奇思，忠心；去，离开。

心闵怜之惨凄兮，愿一见而有明。重无怨而生离兮，中结轸而增伤。岂不郁陶而思君兮？君之门以九

| 凫雁皆唼夫梁藻兮 |

山东汉画像石

重。猛犬狺狺而迎吠兮，关梁闭而不通。皇天淫溢而秋霖兮，后土何时而得漧？块独守此无泽兮，仰浮云而永叹。

【品读】

心闵怜，暗自伤感；一见而有明，一见君主而自明忠心；重，念；结轸（zhěn），哀伤难解；此句意为，念我与君王无怨却被流放远离，内心伤悲难解又增痛苦；郁陶，郁郁不乐；狺（yín）狺，狗吠之声；关梁，关隘桥梁；淫溢而秋霖，秋雨绵绵不绝；漧（gān），干；块，清高孤独之貌；无泽，即芜泽，草泽。

何时俗之工巧兮，背绳墨而改错？却骐骥而不乘兮，策驽骀而取路。当世岂无骐骥兮，诚莫之能善御。见执辔者非其人兮，故驹跳而远去。

【品读】

改错，改措，改弦更张；此句大意为，为何能工巧匠的习俗，都是背离绳墨规矩而另行其事？却骐骥，放弃千里马；策驽（nú）骀（tái），驱使劣马；莫之能善御，没有能驾驭者；执辔，牵马辔者，即驭马人；驹（jú）跳，奔跑。

凫雁皆唼夫梁藻兮，凤愈飘翔而高举。圜凿而方枘兮，吾固知其鉏铻而难入。众鸟皆有所登栖兮，凤独遑遑而无所集。愿衔枚而无言兮，尝被君之渥洽。

【品读】

凫（fú），野鸭；唼（shà），鱼、鸟在水中进食之声；梁，置于水中的捕鱼之木；梁藻，谓梁上所结水藻，此处多鱼，故凫雁聚此；高举，越飞越高；圜凿，

| 太公九十乃显荣兮 |

山东汉画像石

凿出的圆孔；方枘（ruì），方榫；鉏（jǔ）铻（yǔ），不相容；无所集，无处止柄；衔枝，口衔木片，如此则无法发声；被君之渥（wò）洽，受到君主恩宠。

太公九十乃显荣兮，诚未遇其匹合。谓骐骥兮安归？谓凤皇兮安栖？变古易俗兮世衰，今之相者兮举肥。骐骥伏匿而不见兮，凤皇高飞而不下。

【品读】

太公，即姜太公，相传其九十岁时方被周文王重用；显荣，表现出才干；匹合，知音；相者，相马者，实指朝中用人者，举肥，唯肥是举，只举荐外表肥大者。

鸟兽犹如怀德兮，何云贤士之不处？骥不骤进而求服兮，凤亦不贪喂而妄食。君弃远而不察兮，虽愿忠其焉得？欲寂漠而绝端兮，窃不敢忘初之厚德。独悲愁其伤人兮，冯郁郁其何极！

【品读】

不处，不肯在朝中；求服，请求被驾驭；弃远而不察，流放远处而不识其忠；虽愿忠其焉得，虽想效忠又如何能实现；寂漠，即寂寞；绝端，无影无踪；冯郁郁，郁闷难解；何极，无穷无尽。

霜露惨凄而交下兮，心尚幸其弗济。霰雪雰糅其增加兮，乃知遭命之将至。愿缴幸而有待兮，泊莽莽与野草同死。愿自往而径游兮，路壅绝而不通。

| 愿自往而径游兮 |

山东汉画像石

【品读】

　　幸其弗济，希望其不成为现实；雰（fēn）糅，纷飞；遭命，厄运；缴幸，即侥幸；洎，只是；径游，径自前往；壅绝，阻断；此谓自己想直接见楚王面陈忠心，却被小人阻挡。

　　　　欲循道而平驱兮，又未知其所从。然中路而迷惑兮，自压按而学诵。性愚陋以褊浅兮，信未达乎从容。窃美申包胥之气盛兮，恐时世之不固。

【品读】

　　循道而平驱，沿着常人之道路平安前行；压按，按节，放慢速度；学诵，学礼诵诗；褊（biǎn）浅，偏狭、浅薄；信未达乎，实未达到；窃美申包胥之气盛，自认为申包胥的气慨最为完美；申包胥，楚国大夫，伍子胥得罪楚王，将逃往吴国时，曾对申包胥言，"我必亡郢"，郢即楚都，亡郢即亡楚。申包胥的回答是："子能亡之，我能存之。"伍子胥后率吴国大军伐楚，攻下郢都，楚王外逃。申包胥前往秦国求救，在宫城外庭站立七日七夜，悲啼不止，滴水不进，感动了秦王，发兵救楚，使楚王复国。恐时世之不固，恐怕当今之人不会如此固守诺言。

　　　　何时俗之工巧兮？灭规矩而改凿。独耿介而不随兮，愿慕先圣之遗教。处浊世而显荣兮，非余心之所乐。与其无义而有名兮，宁穷处而守高。

【品读】

| 食不媮而为饱兮 |

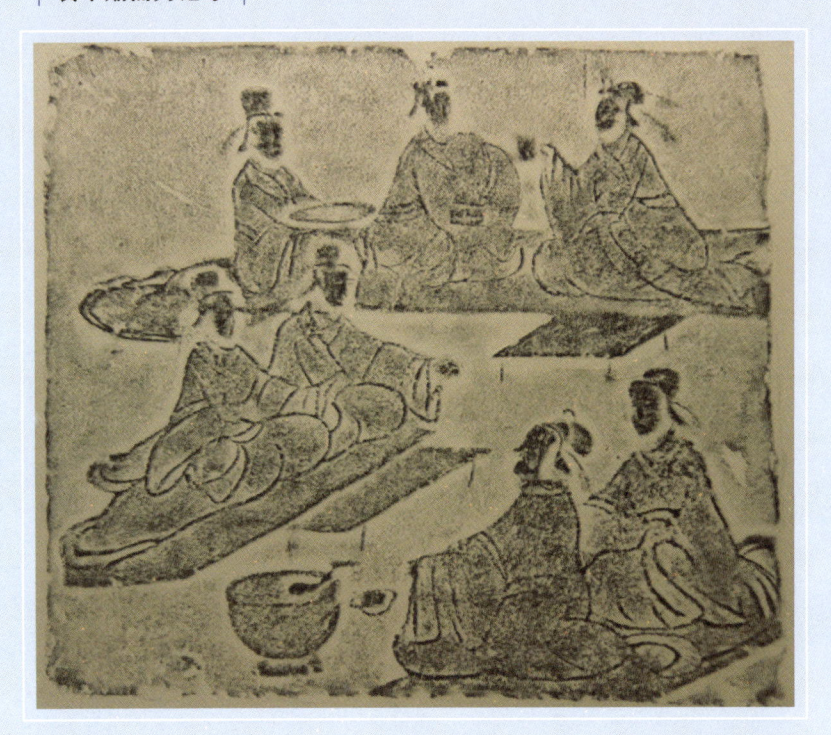

四川汉画像石

时俗之工巧，顺应时俗风气的巧匠；灭规矩而改凿，放弃规矩改变凿孔形状；耿介，耿直中正；显荣，显示才干，得到荣华；穷处而守高，安贫守道。

食不媮而为饱兮，衣不苟而为温。窃慕诗人之遗风兮，愿托志乎素餐。蹇充倔而无端兮，泊莽莽而无垠。无衣裘以御冬兮，恐溘死不得见乎阳春。

【品读】

媮（tōu），苟且；此句言，饮食穿衣都不能苟且满足于温饱；诗人，指《诗经》中诗篇之作者；素餐，《诗经·伐檀》中，曾讥讽那些不劳而获、盘剥百姓的"君子"是"不素餐兮"，宋玉立志于素餐，就是表示自己不与这些"君子"为伍；充倔，得意忘形；无端，无边、过份，此言朝中小人之举止；泊，静寂、淡泊；莽莽而无垠，无边之莽原，此言自己独处莽莽原野；溘（kè）死，忽然死去、猝死。

靓杪秋之遥夜兮，心缭悷而有哀。春秋逴逴而日高兮，然惆怅而自悲。四时递来而卒岁兮，阴阳不可与俪偕。白日晼晚其将入兮，明月销铄而减毁。岁忽忽而遒尽兮，老冉冉而愈弛。

【品读】

靓（jìng），静；杪（miǎo）秋，晚秋；缭（liāo）悷（lì），纠结；逴（chuō）逴，远去；递来，依次而来；卒岁，终岁、岁末；俪偕，偕同，此言不可与时序阴阳同行；晼（wǎn）晚，太阳将落；销铄，减损；此谓月亮之圆缺变化；遒尽，将要结束；愈弛，日渐衰弛。

| 愿皓日之显行兮 |

山东汉画像石

心摇悦而日幸兮，然怊怅而无冀。中慘恻之凄怆兮，长太息而增欷。年洋洋以日往兮，老嵺廓而无处。事亹亹而觊进兮，蹇淹留而踌躇。

【品读】

摇悦，喜悦；日幸，无日不感庆幸；怊（chāo）怅，惆怅；无冀，无望；此句先言自己曾满怀喜悦，庆幸能成就大业，又言一事无成，惆怅失望；中慘（cán）恻，内心伤悲；增欷，增加感伤；年洋洋，时光从容而过；嵺（liáo）廓，空寂；无处，无处安身；亹（wěi）亹，不断进展；觊（jì），希望；此句言本希望国事家事能有改变，但还是停滞不前，令我进退难决。

何泛滥之浮云兮，猋雍蔽此明月？忠昭昭而愿见兮，然霠曀而莫达。愿皓日之显行兮，云蒙蒙而蔽之。窃不自聊而愿忠兮，或黕点而污之。

【品读】

猋（biāo），犬奔跑状，此指浮云漂动；雍蔽，遮蔽；忠昭昭，忠心可鉴；愿见，愿楚王能看到；霠（yīn），阴云遮日；曀（yì），阴风；显行，照在大道上；不自聊，即不自料，不自量力；愿忠，愿尽忠心；黕（dǎn）点，玷污，被人诬陷污蔑。

尧舜之抗行兮，杳冥冥而薄天。何险巇之嫉妒兮，被以不慈之伪名？彼日月之照明兮，尚黯黮而有瑕。何况一国之事兮，亦多端而胶加。

| 众蹀躞而日进兮 |

山东汉画像石

【品读】

抗行，高尚之行；杳冥冥而薄天，高大深远可与天齐；险巇（xī），险恶小人；伪名，尧舜分别被诬以不慈不孝之名；黯（àn）黮（tān），昏暗不明；胶加，错综复杂。

　　被荷裯之晏晏兮，然潢洋而不可带。既骄美而伐武兮，负左右之耿介。憎愠惀之修美兮，好夫人之慷慨。众踥蹀而日进兮，美超远而逾迈。农夫辍耕而容与兮，怒田野之芜秽。

【品读】

荷裯（dāo），荷叶所制短上衣；晏晏，柔美貌；潢洋而不可带，宽大不可体；此句谓楚王有求贤之名，无用贤之实；骄美，自傲；伐武，尚武，炫耀武力；耿介，重介，铠甲，负左右之耿介，谓以拥有众多铠甲之士而自负；愠（wěn）惀（lǔn），忠诚贤良；人之慷慨，小人之大言不惭；众踥（qiè）蹀（dié）而日进，众小人们随侍左右日益被信任；踥蹀，碎步快走，形容卑恭；美超远而逾迈，贤人们远离而去，渐行渐远；辍（chuò）耕，放弃耕作；容与，悠闲；芜秽，荒芜。

　　事绵绵而多私兮，窃悼后之危败。世雷同而炫耀兮，何毁誉之昧昧？今修饰而窥镜兮，后尚可以窜藏。愿寄言夫流星兮，羌倏忽而难当。卒壅蔽此浮云兮，下暗漠而无光。

| 乘骐骥之浏浏兮 |

四川汉画像石

【品读】

事绵绵而多私，国事烦扰且多出于私欲；窃悼后之危败，我担心日后的危难；世雷同，世间之人随波逐流；毁誉之昧昧，毁誉毫无标准，清浊不分；修饰而窥镜，修正自己，以镜自鉴；窜藏，谓有难之时尚可躲藏；倏忽而难当，一闪而过，不能遇上；卒壅蔽此浮云，最终还是被浮云所遮蔽；下暗漠而无光，世间昏暗无光。

  尧舜皆有所举任兮，故高枕而自适。谅无怨于天下兮，心焉取此怵惕？乘骐骥之浏浏兮，驭安用夫强策？谅城郭之不足恃兮，虽重介之何益。

【品读】

有所举任，用贤举贤；高枕而自适，高枕无忧；谅，诚然，自信；怵惕，惊恐不安；浏浏，本指风疾速之貌，此指骏马如风；强策，用力鞭策；重介，铠甲武士。

  邅翼翼而无终兮，忳惛惛而愁约。生天地之若过兮，功不成而无效。愿沉滞而不见兮，尚欲布名乎天下。然潢洋而不遇兮，直怐愁而自苦。

【品读】

邅（zhān）翼翼，小心翼翼，犹豫迟疑；无终，无有终止之时；忳（tún）惛（hūn）惛，烦闷昏昏；愁约，忧愁潦倒；生天地之若过，生天地之间如白驹过隙；无效，无所效忠；布名，扬名；潢洋，本指宽阔之水域，此指机遇难求，不遇名君；直，只能，只是；怐（kòu）愁（màò），愚昧之状。

| 国有骥而不知乘兮 |

河南汉画像石

莽洋洋而无极兮,忽翱翔之焉薄?国有骥而不知乘兮,焉皇皇而更索?宁戚讴于车下兮,桓公闻而知之。无伯乐之善相兮,今谁使乎誉之。

【品读】

莽洋洋,天地苍茫;焉薄,止于何处;此句大意为,天地苍茫无垠,我上下翱翔不知止于何处?皇皇而更索,匆匆而另外求索;宁戚,春秋时卫国人,夜半讴歌于车傍,被齐桓公赏识而重用;谁使乎誉之,能使谁赏识千里马之才。

罔流涕以聊虑兮,惟著意而得之。纷纯纯之愿忠兮,妒被离而障之。愿赐不肖之躯而别离兮,放游志乎云中。乘精气之抟抟兮,骛诸神之湛湛。骖白霓之习习兮,历群灵之丰丰。

【品读】

罔流涕,迷惘流涕;聊虑,深思熟虑;著意而得之,专注心意便可得贤才,这是对楚王而言;纷纯纯,肝脑迸裂;愿忠,志愿效忠;妒被离而障之,因小人妒嫉而被远离,又施以屏障;不肖之躯,宋玉谦称自己;放游志乎云中,立志于云中漫游;抟(tuán)抟,圆圆;骛(wù),追随;湛湛,深远的空中;骖(cān)白霓(ní),驾白虹;习习,被风吹动之貌;丰丰,众多。

左朱雀之茇茇兮,右苍龙之躩躩。属雷师之阗

| 右苍龙之躍躍 |

山东汉画像石

阗兮,通飞廉之衙衙。前轻辌之锵锵兮,后辎乘之从从。载云旗之委蛇兮,扈屯骑之容容。计专专之不可化兮,愿遂推而为臧。赖皇天之厚德兮,还及君之无恙!

【品读】

朱雀,南方之神;苃(pèi)苃,飞翔之貌;苍龙,即青龙,东方之神;躣(jù)躣,前行之貌;阗(tián)阗,雷声;飞廉,风神;衙(yú)衙,风声;轻辌(liáng),一种轻便马车;辎(zī)乘,一种有帷盖的马车;从从,铃声;委蛇(yí),起伏之状;扈,扈从;屯骑,兵车行列;容容,浩荡,众多;计专专之不可化,自忖忠谨之心不可改变;愿遂推而为臧,但愿能将此忠心视为美善;臧,善,美好;还及君之无恙,还祝国君无恙;无恙,健康无殃。

| 有人在下，我欲辅之 |

山东汉画像石

招 魂

宋 玉

此赋为屈原或宋玉所作，先叙述屈原被流放南方的不幸，再历数东西南北以及天上地下的凶险，又盛誉楚国之美，呼唤魂归故里。梁启超称此篇为全部楚辞中最酣恣最深刻之作。

朕幼清以廉洁兮，身服义而未沫。主此盛德兮，牵于俗而芜秽。上无所考此盛德兮，长离殃而愁苦。

【品读】

清，清正不阿；未沫，不已；离殃，陷于灾祸。此节先写自己如何清廉，如何坚守道义无有止境，又写因流俗所牵，无所施展，以至于荒芜，而君主却无从了解，只能长处不幸之中。

帝告巫阳曰："有人在下，我欲辅之。魂魄离散，汝筮予之！"巫阳对曰："掌梦，上帝命其难从。""若必筮予之，恐后之谢，不能复用。"

【品读】

巫阳，传说中的女巫，随侍天帝左右；辅，救助；筮予之，找回并给予他；

长人千仞，惟魂是索些。

河南汉画像石

若，你。此节写天帝让巫阳找回屈原已离散的魂魄，巫阳说，那是掌梦官的职责，我难从命。天帝命她必须从命，否则，魂魄凋谢消失后，便无法招回。

巫阳焉乃下招曰："魂兮归来！去君之恒干，何为四方些？舍君之乐处，而离彼不祥些。"

【品读】

下招，下凡招魂；去，离开；恒干，躯干，身体；些，语尾助词；离，罹，陷于。此节系招魂之辞，问屈原之魂魄为何离开身体，漂荡四方？为何舍弃安居而遭遇不祥？

魂兮归来！东方不可以托些！长人千仞，惟魂是索些。十日代出，流金铄石些。彼皆习之，魂往必释些。归来归来，不可以托些！

【品读】

不可以托，不可寄托；长人，高大之人；惟魂是索，索取魂魄；代出，轮番出现；流金，使金铜融化成水；铄（shuò）石，熔化石头；释，融释。此节言东方环境险恶，他们已适应，而你却会被融化释解，无影无踪。

魂兮归来！南方不可以止些。雕题黑齿，得人肉以祀，以其骨为醢些。蝮蛇蓁蓁，封狐千里些。雄虺九首，往来倏忽，吞人以益其心些。归来归来，不可以久淫些。

| 西方之害，流沙千里些。|

山东汉画像石

【品读】

　　雕题、黑齿，都是传说中南方的国家；醢（hǎi），肉酱；蓁（zhēn）蓁，丛集，众多；封狐，已成精灵之大狐狸，可日行千里，来去无踪；雄虺（huǐ），硕大的毒蛇；倏（shū）忽，迅疾；久淫，久留。

　　　　魂兮归来！西方之害，流沙千里些。旋入雷渊，麇散而不可止些。幸而得脱，其外旷宇些。赤蚁若象，玄蜂若壶些。五谷不生，丛菅是食些。其土烂人，求水无所得些。彷徉无所倚，广大无所极些。归来归来！恐自遗贼些。

【品读】

　　雷渊，即雷泉，雷神所在之深渊；麇（mí）散，粉身碎骨；旷宇，旷野；赤蚁若象，玄蜂若壶，红蚁如大象，黑蜂如葫芦；丛菅（jiān），野草；彷（páng）徉（yáng），徜徉，游荡；遗贼，带来灾难。

　　　　魂兮归来！北方不可以止些。增冰峨峨，飞雪千里些。归来归来！不可以久些。

【品读】

　　增冰，层冰；峨峨，高耸之貌。

　　　　魂兮归来！君无上天些。虎豹九关，啄害下人些。一夫九首，拔木九千些。豺狼从目，往来侁侁

| 君无下此幽都些 |

山东汉画像石

些。悬人以嬉,投之深渊些。致命于帝,然后得瞑些。归来归来!往恐危身些。

【品读】

君无上天,君莫上天;九关,九道关隘;下人,凡界之人;拔木九千,可拔大树九千株;从目,纵目,竖眼;侁(shēn)侁,奔走嚎叫之状;嬉(xī),即嬉,戏弄;致命,复命,报告;瞑,瞑目。

魂兮归来!君无下此幽都些。土伯九约,其角觺觺些。敦脄血拇,逐人駓駓些。参目虎首,其身若牛些。此皆甘人。归来归来!恐自遗灾些。

【品读】

幽都,阴曹地府;土伯,阴间之王,亦即后世之阎王;九约,九尾;觺(yí)觺,形容尖锐;敦脄(méi),虎背熊腰;血拇,血色指爪,谓沾满鲜血;駓(pī)駓,马行疾速之状,此处言土伯可以飞快地追逐外来之人;参目虎首,三只眼睛,老虎一样的头;甘人,喜欢吃人;自遗灾,自己招灾。

魂兮归来!入修门些。工祝招君,背行先些。背篝齐缕,郑绵络些。招具该备,永啸呼些。

【品读】

修门,高大之门,此处指楚都郢城之城门;工祝,巫师;背行先些,倒退着引导你;秦篝(gōu),秦地所产竹笼;齐缕(lǔ),齐地所产绳线;郑绵络些,用郑地所产丝绵笼络在竹笼之外;招具,招魂用的竹笼等物,当时人招魂多

| 九侯淑女，多迅众些 |

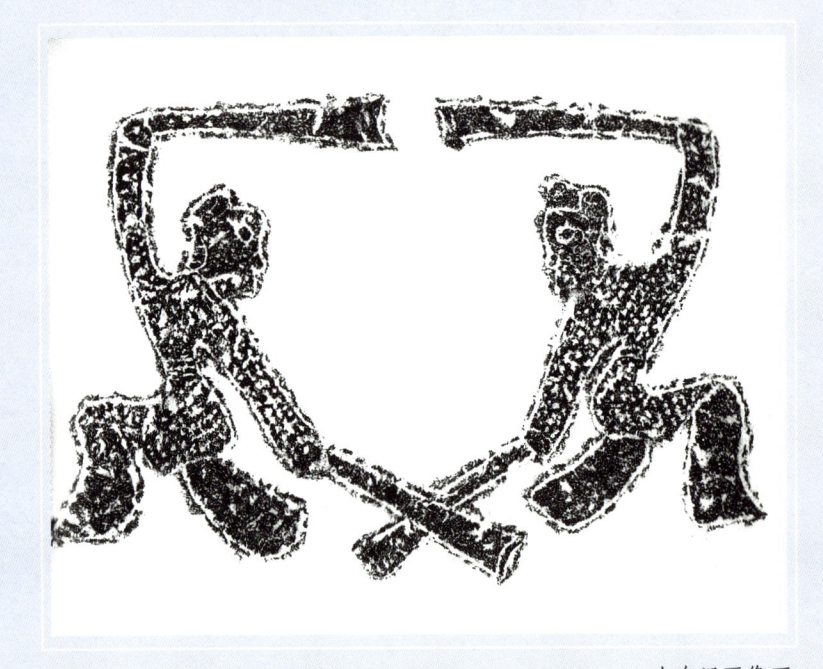

山东汉画像石

用竹笼,内装死者曾用衣物,便于魂灵识别回归;该备,完备;永啸呼些,连绵不断地呼唤。

  魂兮归来!反故居些。天地四方,多贼奸些。象设君室,静闲安些。高堂邃宇,槛层轩些。层台累榭,临高山些。网户朱缀,刻方连些。冬有突厦,夏室寒些。川谷径复,流潺湲些。光风转蕙,泛崇兰些。经堂入奥,朱尘筵些。砥室翠翘,挂曲琼些。翡翠珠被,烂齐光些。弱阿拂壁,罗帱张些。纂组绮缟,结琦璜些。室中之观,多珍怪些。

【品读】

  反故居,反回故里;贼奸,奸恶贼人;象设,设想,即回忆一下,想象一下;邃(suì)宇,幽深的房屋;槛层轩,层层走廊与栏杆;层台累榭,层层高台楼阁;网户朱缀,窗子的网格都是大红之色;刻方连些,雕刻的方形花纹连为一体;突(yào)厦,又高又深的大厦;径复,曲折回旋;潺湲,流水潺潺;光风,和风,南风;转蕙,吹拂兰蕙;泛,吹拂;崇兰,丛兰;经堂入奥,经由厅堂进入内室;朱尘,红色顶棚;筵,即延,连绵;砥室,平整坚硬的地面;翠翘,翠鸟的羽毛;挂曲琼,谓翠翘挂在弯弯的琼玉之上;翡翠珠被,室内布满翡翠与珍珠;烂齐光,灿烂地散发着光芒;弱阿,柔软的丝帛;拂壁,铺设在墙壁上;帱(chóu),丝纱,罗帱张,即架设着丝纱帐;纂组绮缟,分别指红色、杂色、素色和花色的丝绢;琦、璜,均指美玉,结琦璜,谓各色丝带悬挂着美玉。

  兰膏明烛,华容备些。二八侍宿,射递代些。九侯淑女,多迅众些。盛鬋不同制,实满宫些。容态好

| 轩辕既低，步骑罗些 |

山东汉画像石

比，顺弥代些。弱颜固植，謇其有意些。姱容修态，
絚洞房些。峨眉曼睩，目腾光些。靡颜腻理，遗视矊
些。离榭修幕，侍君之闲些。

【品读】

兰膏，兰香四溢的油灯；华容，谓盛装美女；二八侍宿，指十六岁少女陪侍；射，即谢，代谢；射递代，随时可以更换；九侯淑女，列国诸侯的淑女；多迅众，众多且美色出众；鬋（jiǎn），鬓发；盛鬋不同制，秀发各异的美女；实满宫，充满宫中；容态好比，千姿百态，争相斗妍；顺弥代，堪为绝代美女；弱颜固植，丽质天生；謇，发语词；有意，有情意；姱（kuā）容修态，面容姣好，身材修长；絚（gēng），长绳，此处形容美女出入，连绵不断；洞房，深幽房间；峨眉，眉如蚕蛾；睩（lù），眼珠转动，曼睩，美瞳流转；目腾光，双目泛光；靡颜腻理，鲜嫩的面颜，白晳的皮肤；矊（mián），含情脉脉；遗视矊，回眸含情；离榭修幕，野外台榭，高大帷帐；侍君之闲，君王闲暇之时，都会陪侍身边。

　　翡帷翠帐，饰高堂些。红壁沙版，玄玉梁些。
仰观刻桷，画龙蛇些。坐堂伏槛，临曲池些。芙蓉
始发，杂芰荷些。紫茎屏风，文缘波些。文异豹饰，
侍陂陁些。轩辌既低，步骑罗些。兰薄户树，琼木篱
些。魂兮归来，何远为些？

【品读】

翡帷翠帐，饰高堂些，翡翠装点的帷帐，挂在高堂之上；红壁沙版，红色墙壁，朱砂染色的门版；玄玉梁，黑色玉石镶嵌的房梁；刻桷（jué），雕刻着图案的房椽；伏槛，倚伏栏干之上；芙蓉，荷花；芰（jì）荷，荷叶；屏

| 室家遂宗，食多方些 |

四川汉画像石

风,水葵;文缘波,波纹相连;文异豹饰,花纹奇异的豹纹穿着;陂(pō)陁(tuó),高坡与低地;侍陂陁,分列在高低不平之处;轩,有篷之较高之车;辌(liáng),可躺卧之车;既低,即抵,已经到达;罗,罗列、布置;兰薄户树,兰草贴近窗下种植;琼木篱,以玉树之木为篱。

室家遂宗,食多方些。稻粱稴麦,挐黄粱些。大苦咸酸,辛甘行些。肥牛之腱,臑若芳些。和酸若苦,陈吴羹些。胹鳖炮羔,有柘浆些。鹄酸臇凫,煎鸿鸧些。露鸡臛蠵,厉而不爽些。粔籹蜜饵,有餦餭些。瑶浆蜜勺,实羽觞些。挫糟冻饮,酎清凉些。华酌既陈,有琼浆些。归反故室,敬而无妨些。

【品读】

遂宗,遂聚集一处;多方,多种多样;粢(zī),粟米;稴(zhuō),一种早熟小麦;挐(rú),夹杂;黄粱,黄米;辛甘,辣、甜;行些,添加;腱(jiàn),腱子肉;臑(ér)若芳,烂;又香;和酸若苦,调和酸味与苦味;陈,拿出、摆上;胹(ér),煮熟;炮,烤熟;羔,小羊;柘(zhè)浆,甘蔗水;鹄酸,酸酸的天鹅肉;臇(juǎn),红烧;凫(fú),野鸭;鸿鸧(cāng),大雁和一种类雁的鸟类;露,一种烹制方式,类似于臛;臛(huò),肉粥;蠵(xī),一种大龟;厉而不爽,味道浓烈而不会腐坏;粔(jù)籹(nǚ),以蜜与米粉制成的粉糕;蜜饵,以蜜以黍米制成的糕点;餦(zhāng)餭(huáng)一种饴类的糖食;琼浆蜜勺,美酒加蜜;羽觞,插有翠羽的大酒杯;挫糟,滤去酒糟;冻饮,将酒冷冻后再饮;酎,美酒;华酌,华丽的酒具;敬而无妨,指归还故乡后,子孙敬重,无有任何妨害。

| 陈钟按鼓,造新歌些 |

山东汉画像石

肴羞未通，女乐罗些。陈钟按鼓，造新歌些。《涉江》《采菱》，发《扬荷》些。美人既醉，朱颜酡些。娭光眇视，目曾波些。被文服纤，丽而不奇些。长发曼鬋，艳陆离些。二八齐容，起郑舞些。衽若交竿，抚案下些。竽瑟狂会，搷鸣鼓些。宫庭震惊，发《激楚》些。吴歈蔡讴，奏大吕些。士女杂坐，乱而不分些。放陈组缨，班其相纷些。郑卫妖玩，来杂陈些。《激楚》之结，独秀先些。

【品读】

  肴，鱼和肉称肴；羞，美食；未通，尚未献上；女乐罗些，女乐便已陈列于下；造，演奏吟唱；《涉江》《采菱》《扬荷》，均为楚地歌曲；酡（tuó），酒后脸色变红；娭（xī）光，嬉戏的目光；眇（miǎo）视，微醺眯眼而视；目曾波些，眼中泛着层层水波，即含情脉脉；被文，身着绮丽绣衣；服纤，穿戴素纱细绢；丽而不奇，艳丽而不奇异；曼鬋（jiǎn），曼妙的鬓发；艳陆离，美艳之色，光彩照人；二八齐容，二八少女，美貌如一；衽（rèn），衣襟；衽若交竿，抚案下些，谓舞动的少女，衣襟飞扬，如竹林般摇曳交错，舞毕之时，需按压住，款款走下；狂会，谓合奏之气势；搷（tián），击；《激楚》，楚地曲名，曲调清扬；歈（yú）、讴（ōu），均指歌；大吕，乐曲名；士女，男女；组，衣带；缨，冠带；放陈缇缨，谓衣冠都卸下，陈放一边；班，坐住；相纷，杂乱；妖玩，美女；杂陈，杂坐其中；《激楚》之结，独秀先些，谓结束时的《激楚》一曲，独占鳌头。

  菎蔽象棋，有六博些。分曹并进，遒相迫些。成枭而牟，呼五白些。晋制犀比，费白日些。铿钟

| 献岁发春兮，汨吾南行 |

重庆汉画像石

摇簧。揳梓瑟些。娱酒不废，沉日夜些。兰膏明烛，华镫错些。结撰至思，兰芳假些。人有所极，同心赋些。酎饮尽欢，乐先故些。魂兮归来，反故居些！

【品读】

琨（kún），美玉；蔽，下棋用的筹码；象棋，象牙制成的棋子；六博，古代棋艺。高亨先生在《楚辞选》中解释道："大概是一个长方形的棋盘，狭面画六格，宽面画十二格。十二格正中间有一格叫做水，水中摆三个鱼。十二个棋子，六个白的，六个黑的。五个骰子，方形，六面，有相对的两面是尖头，其余四面都是平的。一面刻一画，一面刻二画，一面不刻画。六支筹码。二人对坐在狭面的两边，一人掌握六个白子，一人掌握六个黑子，都放在自己那一方靠棋盘边的六个格上，掷骰成彩，才得走棋。棋走到水边，便竖起来，叫做枭棋。再掷骰成彩，便入水牵鱼；牵一个鱼，得两支筹码。二人的棋相对叫做牟，牟读做侔，相等之意。所谓'成枭而牟'就是这样。当'成枭而牟'的时候，掷骰得到五个骰子都是不刻画的一面在上，叫做'五白'。掷得五白，便可以杀对方的枭棋，所以下棋的人要喊五白。"分曹，分为两边开始博弈；逎（qiú）相迫，全力追迫对方；晋制犀比，晋国所制棋、筹都用犀牛之角；比，筹码；黄白日些，如白日般闪闪发光；铿（kēng），敲出；簴（jù），挂钟之架；此句言击钟之力大，使钟架摇摇晃晃；揳（jiá），抚琴、弹奏；梓瑟，梓木之瑟；娱酒不废，沉日夜些，大意说，饮酒作乐但不废政事，日夜如此；华镫错些，华灯罗列；结撰，写文作赋；至思，竭尽才思；兰芳假些，兰芳美句被我借用；人有所极，同心赋些，群贤毕至，同心相聚；赋，聚也；酎饮尽欢，乐先故些，畅饮尽欢，因先祖和故交而乐。

乱曰："献岁发春兮，汩吾南行。菉齐叶兮，白芷生。路贯庐江兮，左长薄。倚沼畦瀛兮，遥望博。

| 君王亲发兮，惮青兕 |

河南汉画像石

青骊结驷兮，齐千乘。悬火延起兮，玄颜蒸。步及骤处兮，诱骋先。抑骛若通兮，引车右还。与王趋梦兮，课后先。君王亲发兮，惮青兕。朱明承夜兮，时不可以淹。皋兰被径兮，斯路渐。湛湛江水兮，上有枫。目极千里兮，伤春心。魂兮归来，哀江南！"

【品读】

献岁发春，新岁到来，春意盎然；汨（gǔ）吾南行，我匆匆南行；菉齐叶，绿苹之叶已长大；白芷，香草名。此句言屈原被放逐南下时的怆伤之感，类似于《诗经》中的"昔我往矣，杨柳依依"；路贯庐江，沿庐江而行；长薄，地名；倚沼畦瀛兮，沿浅浅沼泽水泊而行；沼畦，一方方的沼泽；瀛，水泽之中；博，旷野。此上描述南行之伤感，此下则追述与楚君畋猎之场面。

青骊（lí）结驷，四匹黑色骏马连为一乘，即一驾马车；骊，纯黑色；齐千乘，千乘齐行；悬火，高举的火把；延起，绵延起伏，形容其多；玄颜蒸，天色被火光点亮；玄，天；蒸，火光上扬；步及骤处兮，诱骋先，此句言，狩猎队伍中，各有分工，有步行缓者，有快速行进者，有停止不动者，屈原与楚君则是驰骋指挥者；诱，引领，指挥；抑骛若通，抑制过快者，使其后撤；骛，驰骛，迅疾；通，即彻，撤回；引车右还，指引车乘向右，围堵野兽；与王趋梦兮，课先后，伴楚王奔赴云梦围猎，评定臣下猎术高低；课，评定，考课；亲发，亲自发箭；惮（dān），惊惧；青兕（sì），一种似牛的野兽；此句言，楚王射青兕未能一箭致死，反而被其所惊，暗指宫中邪恶势力之嚣张。以下又抒发自己的思乡之情。

朱明，太阳；淹，停止；此句言，日升日落，时不我待；皋（gāo），水边高地；被径，遮住了小路；渐，淹没；此言自己已被忘却。最后几句，无注亦通，亦无字可疏，写屈原乡思之情愫，已达出神入画之境。

| 白虎骋而为右騑 |

河南汉画像石

惜 誓

贾 谊

贾谊，西汉初著名政治家，曾被文帝任命为太中大夫，力主改革，被当朝权贵谗害，贬至长沙，为长沙王太傅，后改任梁怀王太傅，忧郁而死，仅三十三岁。《惜誓》之含义是伤君王先信后弃。王逸云："惜者，哀也；誓者，信也，约也。言哀惜怀王与已信约，而复背之也。"文中借屈原之口吻，抒发了嫉世愤俗之情。名吊屈原，实亦为贾谊自叹也。

　　惜余年老而日衰兮，岁忽忽而不反。登苍天而高举兮，历众山而日远。观江河之纡曲兮，离四海之霑濡。攀北极而一息兮，吸沆瀣以充虚。飞朱鸟使先驱兮，驾太一之象舆。苍龙蚴虬于左骖兮，白虎骋而为右騑。建日月以为盖兮，载玉女于后车。驰骛于杳冥之中兮，休息乎昆仑之墟。乐穷极而不厌兮，愿从容乎神明。涉丹水而驰骋兮，右大厦之遗风。黄鹄之一举兮，知山川之纡曲。再举兮，睹天地之圆方。临中

| 不如反余之故乡 |

四川汉画像石

国之众人兮，托回飙乎尚羊。乃至少原之野兮，赤松王乔皆在旁。二子拥瑟而调均兮，余因称乎清商。澹然而自乐兮，吸众气而翱翔。念我长生而久仙兮，不如反余之故乡。

【品读】

日衰，日渐衰老；高举，高飞；日远，距家乡越来越远；纡（yū）曲，迂回曲折；离，遭遇；沾濡（rú），浸湿，此言被四海之风波所浸湿；一息，暂息；沆（hàng）瀣（xiè），清和之气；朱鸟，即朱雀，南方之星神；太一，东皇太一之神；象舆，象牙制作之车；蚴（yǒu）虬（qiú），盘旋前行；左骖（cān），左侧驾车之马；右騑（fēi），右侧驾车之马；青龙白虎分别为东方星宿之神和西方星宿之神。此句言，青龙在左，白虎在右，共同驾车飞奔。

建日月以为盖，以日月为车篷；驰骛（wù），奔驰；杳冥，遥远空旷之处；从容乎神明，与神灵们共同游乐；右大厦之遗风，言自己沿丹水驰骋，一下到了西方边界，看到了大夏国的风情；黄鹄（hú），仙人所乘大鸟，一飞可达千里；一举，一飞，再举，再飞；回飙，旋风、大风；尚羊，徜徉；少原，仙人所居之处，赤松王乔，即赤松子、王子乔，均为仙人；调均，调弦；清商，曲名。此句言，屈原听二位神仙弹琴后，称赞其中清商之曲；澹，即淡；众气，天地之精华，指朝霞、沆瀣等；念我长生而久仙兮，不如反余之故乡，即使能长生不老成为仙人，也不如返我故乡。

黄鹄后时而寄处兮，鸱枭群而制之。神龙失水而陆居兮，为蝼蚁之所裁。夫黄鹄神龙犹如此兮，况贤者之逢乱世哉！寿冉冉而日衰兮，固嬗回而不息。俗流从而不止兮，众枉聚而矫直。或偷合而苟

| 悲仁人之尽节兮 |

山东汉画像石

进兮，或隐居而深藏。苦称量之不审兮，同权概而就衡。或推移而苟容兮，或直言之谔谔。伤诚是之不察兮，并纫茅丝以为索。方世俗之幽昏兮，眩白黑之美恶。放山渊之龟玉兮，相与贵夫砾石。梅伯数谏而致醢兮，来革顺志而用国。悲仁人之尽节兮，反为小人之所贼。比干忠谏而剖心兮，箕子被发而佯狂。水背流而源竭兮，木去根而不长。非重躯以虑难兮，惜伤身之无功。

【品读】

后时，错过时机，后到；鸱（zhī）枭（xiāo），猫头鹰，古人认为是恶鸟；此句言，黄鹄一飞千里，寄止于高山茂林，若错过时机，不能先占据要位，同样会被鸱枭之类所拑制；裁，制约；此句言，神龙若离水而上陆，也会被蝼蚁所制约；日衰，渐去；儃（chán）回，轮转、往复；俗流，流俗；此句言，世人随从流俗无休无止，众邪相聚以曲矫正；偷合，沉瀣一气；苟进，苟且求进；"苦称量"句大意为，让人伤心的是君主并不认真审视衡量，而是不分君子小人一概而论；或，有人；推移而苟容，顺从君主，苟且谋权；谔（è）谔，直言，刚正不阿；是之不察，不明白此情；茅草和丝线不加区分地编为绳索；方，当今；眩，迷惑；此句言，不分黑白好恶；放，放弃；龟玉，龟版、美玉；贵夫砾（lì）石，以杂石为贵；梅伯，殷纣王时诸侯，因刚正直言被醢（hǎi）；醢，剁为肉酱；来革，殷纣王时的佞臣；顺志而用国，奉迎纣王而掌国政；比干，商纣王的大臣；箕子，商纣王时大臣，刚直敢言，比干死后，被发而佯狂，即披散头发而装疯；背流，倒流；去根，离开根系；重躯而虑难，爱惜身体，担心遇难；惜伤身之无功，叹惜伤身而无功。

使麒麟可得羁而系兮

山东汉画像石

已矣哉！独不见夫鸾凤之高翔兮，乃集大皇之野。循四极而回周兮，见盛德而后下。彼圣人之神德兮，远浊世而自藏。使麒麟可得羁而系兮，又何以异乎犬羊！

【品读】

已矣哉，俱往矣；大皇之野，大荒之旷野；循四极而回周兮，此句言，鸾凤沿东西南北周旋往返，看到大德之国才会降临。实则借鸾凤自比；神德，高深品德；自藏，将神德珍藏而不被污染；最后两句是以麒麟自比，向世人宣告，如果麒麟可以任人驱使，与犬羊有何不同！

| 王孙游兮不归 |

四川汉画像石

招隐士

淮南小山

此篇为西汉淮南王刘安的门客所作，主旨是招致隐居山中的高士。王逸认为："《招隐士》者，淮南小山之所作也。昔淮南王安，博雅好古，招怀天下俊伟之士。自八公之徒，咸慕其德，而归其仁，各竭才智，著作篇章，分造辞赋，以类相从，故或称小山，或称大山，其义犹《诗》有《小雅》《大雅》也。"

桂树丛生兮山之幽，偃蹇连蜷兮枝相缭。山气巃嵸兮石嵯峨，溪谷崭岩兮水曾波。猿狖群啸兮虎豹嗥，攀援桂枝兮聊淹留。王孙游兮不归，春草生兮萋萋。岁暮兮不自聊，蟪蛄鸣兮啾啾。

【品读】

偃蹇连蜷（quán），弯曲交错；缭，缭绕；巃（lóng）嵸（zōng），云雾缭绕；嵯峨，高耸；崭岩，险峻之貌；水曾波，水波层层；狖（yòu），一种黑色长尾猿；王孙，此指隐居山中之人，屈原为楚王一族，亦代指屈原；萋萋，草色青青，欣欣向荣之貌；岁暮，年岁已老；不自聊，心中烦恼不止；蟪（huì）蛄（gū），寒蝉，寿命颇短。

白鹿麐麖兮

河南汉画像石

坱兮轧，山曲岪，心淹留兮恫慌忽。罔兮沕，僚兮栗，虎豹穴，丛薄深林兮人上栗。嵚岑碕礒兮，碅磳硊崣。树轮相纠兮，林木茷骫。青莎杂树兮，薠草靃靡。白鹿麏麚兮，或腾或倚。状貌崟崟兮峨峨，凄凄兮漇漇。猕猴兮熊罴，慕类兮以悲。

【品读】

坱（yǎng）合轧，云雾弥漫；曲岪（fú），山势曲折；淹留，停留；恫慌忽，忧心忡忡；罔兮沕（wù），失魂落魄；僚（liǎo）栗，伤感；丛薄，深草；上栗，战慄之心顿生；嵚（qīn）岑，形容山峰高险；碕（qí）礒（yǐ），山石险峻；碅（jūn）磳（zēng），山石高险；硊（kuǐ）崣（wěi）山石耸立；树轮，树枝；相纠，交错纠结；茷（bó）骫（wěi），枝条弯曲交错；青莎杂树，青莎丛中参杂着树木；薠（pín）草，一种水草；靃（suǐ）靡，杂乱丛生；麏（jūn），麏鹿，獐；麚（jiā），壮鹿；崟（yín）崟峨峨，高耸；凄凄兮漇（xǐ）漇，皮毛光泽滑润；慕类句，寻觅同类不得，心中伤悲。以上言山中险恶，又无同类，不如返回。

　　攀援桂枝兮聊淹留，虎豹斗兮熊罴咆。禽兽骇兮亡其曹。王孙兮归来！山中兮不可以久留。

【品读】

亡其曹，四散而逃。最后一节，强调全篇主题，简洁明快，酣畅有力。

| 居愁勤其谁告兮 |

四川汉画像石

自 悲

东方朔

东方朔，西汉著名辞赋家。武帝初年，上书自荐，称自己"勇若孟贲，捷若庆忌，廉若鲍叔，信若尾生，可以为天子大臣。"但武帝一直将其看作侍从滑稽之臣，未委以大任。此篇楚辞是其所作《七谏》中的一篇，以屈原的口吻，描述屈原身在异乡，怀恋故国的悲切感受。

居愁勤其谁告兮，独永思而忧悲。内自省而不惭兮，操愈坚而不衰。隐三年而无决兮，岁忽忽其若颓。怜余身不足以卒意兮，冀一见而复归。

【品读】

愁勤，愁苦；此句言，处于愁苦之中，无人可以诉说，只能独自将悲忧萦绕心中；操，节操，操守；无决，无召回自己的王命，依古制，臣子之言不被君主采纳，最多被贬三年，而屈原在外三年，仍未等到君王召回，所以，感叹"岁忽忽而若颓。"忽忽，匆匆；若颓，若水之飞流而下；卒意，实现愿望；冀，希望；此句言，自悲心志已无法实现，只愿能返回家乡，一见君王。

| 犹高飞而哀鸣 |

河南汉画像石

哀人事之不幸兮，属天命而委之咸池。身被疾而不间兮，心沸热其若汤。冰炭不可以相并兮，吾固知乎命之不长。哀独苦死之无乐兮，惜予年之未央。悲不反余之所居兮，恨离予之故乡。鸟兽惊而失群兮，犹高飞而哀鸣。狐死必首丘兮，夫人孰能不反其真情？故人疏而日忘兮，新人近而愈好。莫能行于杳冥兮，孰能施于无报？

【品读】

咸池，天神；此句言，哀叹我在世间之不幸，只能听天由命，把命运交付天神；间，病愈；汤，开水；此句言，身体久病不愈，但心中热情依然不减；冰炭，言身体之病与心中热情，又借指君子与小人；既然两者难以并存，所以，我就知命难长久；无乐，无实现抱负之乐；此句言，既感伤孤苦而死，未能一展抱负，又痛惜我还未到盛年；失群，离开鸟兽之群；此句言，离群之鸟兽，会高飞远走，哀鸣不已；真情，内心牵挂之处，亦即故乡；此句言，狐狸死前会面向自己的洞穴，人怎能在死前不返回故乡；故人，指忠正老臣；新人，指奸佞小人；杳冥，深远之处，此指大道；此句言，没有人能行于大道，又有谁能从事没有回报的事情；言当时楚国都是急功近利的小人。

苦众人之皆然也，乘回风而远游。凌恒山其若陋兮，聊愉娱以忘忧。悲虚言之无实兮，苦众口之铄金。过故乡而一顾兮，泣歔欷而沾衿。厌白玉以为面兮，怀琬琰以为心。邪气入而感内兮，施玉色而外淫。何青云之流澜兮，微霜降之蒙蒙。徐风至而徘徊兮，疾风过之汤汤。

| 驾青龙以驰骛兮 |

河南汉画像石

【品读】

　　凌恒山，凌驾于恒山之上；陋，小，卑下；虚言之无实，言小人之谄媚；众口铄金，指小人对君子的攻击；沾衿，泪沾衣襟；厌，著于；琬（wǎn）琰（yǎn），一种美玉；此句言，我内外一致，不仅外表如白玉，内心也与美玉一般；外淫，润泽于外；此句言，即使邪气入侵，我也会转化为玉色温润于外；流澜，谓云海汹涌；蒙蒙，谓霜气之盛；汤汤，荡荡；此谓屈原心中荡荡，战战兢兢。

　　　　闻南藩乐而欲往兮，至会稽而且止。见韩众而宿之兮，问天道之所在。借浮云以送予兮，载雌霓而为旌。驾青龙以驰骛兮，班衍衍之冥冥。忽容容其安之兮，超慌忽其焉如。苦众人之难信兮，愿离群而远举。

【品读】

　　南藩，南方；会稽，会稽山，在今浙江境内；且止，暂且休憩；韩众，仙人；宿之，寄宿此山；送予，送我；雌霓，虹霓；旌，旌旗；驰骛，飞奔；班衍衍，迅疾；之冥冥，前往高远深处；忽容容，飞扬向上；安之，去往何处；超慌忽，遥远迷茫；焉如，何如，不知身在何处；难信，难以信任；远举，远走高飞。

　　　　登峦山而远望兮，好桂树之冬荣。观天火之炎炀兮，听大壑之波声。引八维以自道兮，含沆瀣以长生。居不乐以时思兮，食草木之秋实。饮菌若之朝

| 鹓鹤孤而夜号兮 |

四川汉画像石

露兮，构桂木以为室。杂橘柚以为囿兮，列新夷与椒桢。鹍鹤孤而夜号兮，哀居者之诚贞。

【品读】

峦山，山峦；好，欣赏，喜爱；冬荣，冬季仍枝繁叶茂；炎炀（yáng），火势炽烈；大壑，大海；八维，天道的八条纲纪；自道，自行攀登；时思，忧时，忧国忧民；菌，一种香木；若，杜若，一种香草；构，构建，此言以桂木构建居室；囿，园林；新夷，即辛夷；桢，女贞，均为香料；鹍（kūn），鹍鸡，似鹤；居者，隐居者；诚贞，诚信正直。

| 熊罴兮响噪 |

河南汉画像石

蓄 英

王 褒

王褒，西汉中期人，汉宣帝时任谏议大夫，仿屈原楚辞，作《九怀》九篇。王逸曰："怀者，思也。言屈原虽见放逐，犹思念其君，忧国倾危而不能忘也。"本篇是其中之一，借秋风之肃杀，发思乡之幽情。

秋风兮萧萧，舒芳兮振条。微霜兮眇眇，病殀兮鸣蜩。玄鸟兮辞归，飞翔兮灵丘。望溪兮滃郁，熊罴兮响呴。

【品读】

舒芳兮振条，吹落花芳，摇动枝条；眇（miǎo）眇，细小，此处形容白茫茫的霜色；病殀（yāo），衰病；鸣蜩（tiáo），鸣蝉；玄鸟，燕子；灵丘，神灵之山；滃（wěng）郁，水流浩大；呴（hó），吼。此节写秋风落叶，万木肃杀之景象。

唐虞兮不存，何故兮久留？临渊兮汪洋，顾林兮忽荒。修余兮袿衣，骑霓兮南上。乘云兮回回，亹亹兮自强。

| 将息兮兰皋 |

山东汉画像石

【品读】

唐虞，古代圣君唐尧、虞舜；顾林兮忽荒，回望山林，一片混沌；袿（guī），上衣；南上，谓骑虹霓奔向南方；回回，盘绕而上；亹（wěi）亹，勤奋、努力。

将息兮兰皋，失志兮悠悠。菸蕰兮霉黧，思君兮无聊。身去兮意存，怆恨兮怀愁。

【品读】

兰皋，生长着兰草的水岸；失志，志向未达；悠悠，此言志向不酬的伤悲之情；菸（fén）蕰（yùn），积累；霉黧（lí），青黑色和黄黑色；此句言，忧思郁积，面黄肌瘦，思君心切，闷闷不乐；最后一句仍是思君之心，身在外而心仍在君主身傍，以至于悲怆怀愁，难以舒展。

| 合五岳与八灵兮 |

陕西汉画像石

远 逝

刘 向

刘向，西汉中期著名经学家、文学家，作有楚辞《九叹》。王逸曰："追念屈原忠信之节，故作《九叹》。叹者，伤也，息也。言屈原放在山泽，犹伤念君，叹息无已。"本篇是其中一篇，叙述了屈原在天际和潇湘的远行，实际抒发的是屈原被流放后的悲愤与乡愁。

志隐隐而郁怫兮，愁独哀而冤结。肠纷纭以缭转兮，涕渐渐其若屑。情慨慨而长怀兮，信上皇而质正。合五岳与八灵兮，讯九魁与六神。指列宿以白情兮，诉五帝以置词。北斗为我折中兮，太一为余听之。

【品读】

隐隐，忧愁；郁怫，冈冈不乐；此句言，心中忧郁不乐，独悲愁结难解；缭转，缠绕；渐渐，泪流之貌；若屑，若粉屑洒落不止；慨慨，感慨；长怀，长叹；信，伸张；质正，作证；此句言，要向上帝申诉，请他为我作证；五岳，即中岳嵩山、东岳泰山、北岳恒山、南岳衡山、西岳华山；八灵，八方神灵；九魁（qí），北斗七星以及其附近的两星；六神，天地与四方之神；此句言，请五岳

| 建黄熏之总旄 |

山东汉画像石

之神与八灵前来勘合，请北斗九星与天地四方之神前来讯问；列宿，天上星宿；五帝，太皞、炎帝、少昊、颛顼、黄帝；置词，陈辞；折中，分辨曲直；太一，即太乙，星神。

云服阴阳之正道兮，御后土之中和。佩苍龙之蚴虯兮，带隐虹之逶蛇。曳彗星之皓旰兮，抚朱爵与鵕鸡。游清灵之飒戾兮，服云衣之披披。杖玉华与朱旗兮，垂明月之玄珠。举霓旌之墆翳兮，建黄熏之总旄。躬纯粹而罔愆兮，承皇考之妙仪。

【品读】

云，众神云，亦即上述众神对屈原说；服阴阳之正道，遵循天地之正道；御后土之中和，采用地神中和平允之气；蚴（yǒu）虯（qiú），盘龙之貌；隐虹，长虹，逶（wéi）蛇（yí），弯曲绵延之状；此句言，披挂盘绕之青龙，佩带逶迤之长虹；皓旰（gàn），灿烂；朱爵，朱雀；鵕（jùn）鸡（yí），一种神鸟；此句言，引动彗星之灿烂，抚摸朱雀与；飒戾（lì），清凉之貌；披披，长曳之貌；杖玉华与朱旗，手持美玉之花与红色大旗；垂明月之玄珠，披挂着明月般的珍珠；玄珠，黑光之珠；霓旌，彩虹做成的旌旗，墆（dì）翳（yì），屏蔽，即遮天蔽日；黄熏（xūn），赤黄之色；旄（máo），旗帜；总旄，汇集五色之旄；躬，自身；罔愆（qiān），无过错；皇考，祖先；妙仪，高妙之法。

惜往事之不合兮，横汨罗而下历。乘隆波而南渡兮，逐江湘之顺流。赴阳侯之潢洋兮，下石濑而登洲。陵魁堆以蔽视兮，云冥冥而暗前。山峻高以无

| 路曼曼其无端兮 |

山东汉画像石

垠兮，遂曾闳而迫身。雪雰雰而薄木兮，云霏霏而陨集。阜隘狭而幽险兮，石参差以翳日。

【品读】

不合，与楚君政见不合；下历，抵达下方，亦即到南方；隆波，大波；阳侯，水神；潢洋，水势浩大；石濑（lài），石上浅流；洲，水中小陆；陵，山陵；魁堆，高耸；蔽视，遮住视线；无垠（yín），无限；曾闳（hóng），层峦高险；雰雰，飘零；薄木，落在树上；陨集，低垂密布；阜，山陵；翳（yì）日，蔽日。

悲故乡而发忿兮，去余邦之弥久。背龙门而入河兮，登大坟而望夏首。横舟航而济湘兮，耳聊啾而憯慌。波淫淫而周流兮，鸿溶溢而滔荡。路曼曼其无端兮，周容容而无识。引日月以指极兮，少须臾而释思。水波远以冥冥兮，眇不睹其东西。顺风波以南北兮，雾宵晦以纷纷。日杳杳以西颓兮，路长远而窘迫。欲酌醴以娱忧兮，蹇骚骚而不释。

【品读】

发忿（fèn），即发愤；去余邦，离开我的邦国；龙门，楚都郢城的东门；入河，入湘江；此句言远离故乡而达湘江；大坟，高丘、高山；夏首，夏口，位于长江与汉水交汇处；济湘，渡过湘江；聊啾，耳鸣；憯（tǎng）慌，失意之状；波淫淫，波浪连天；鸿溶，水势浩大；滔荡，浩荡；曼曼，漫长；无端，无

|遭倾遇祸，不可救兮|

四川汉画像石

尽头；周容容而无识，四周纷乱不知所从；指极，指引方向；须臾，很快，少须臾，立即；释思，开怀；冥冥，一望无际；眇不睹其东西，高远辽阔不辨东西；南北，南北飘荡；宵晦，如夜色黑沉；杳杳，遥远；西颓，西下；酌醴（lǐ），斟上美酒；娱忧，解忧；蹇骚骚，悲伤之极；不释，难以解脱。

  飘风蓬龙，埃坲坲兮。草木摇落，时槁悴兮。遭倾遇祸，不可救兮。长吟永欷，涕究究兮。舒情陈诗，冀以自免兮。颓流下陨，身日远兮。

【品读】

  蓬龙，言风起成龙，亦即龙卷风；埃坲（fú）坲，尘埃四起；槁（gǎo）悴，枯萎；倾，倾覆，与祸同义；永欷（xī），长叹；究究，不止；冀以自免，希望免祸；颓流下陨，言水流向下，一去不返；身日远兮，自己日益远离故土。

思余俗之流风兮

山东汉画像石

忧 苦

刘 向

本篇是《九叹》中的一篇,代屈原立言,以屈原的口吻,写出屈原远离故国,忧思难禁的乡思。

悲余心之悁悁兮,哀故邦之逢殃。辞九年而不复兮,独茕茕而南行。思余俗之流风兮,心纷错而不受。遵野莽以呼风兮,步从容于山廋。巡陆夷之曲衍兮,幽空虚以寂寞。倚石岩以流涕兮,忧憔悴而无乐。登巑岏以长企兮,望南郢而窥之。

【品读】

悁(juàn)悁,悲伤之状;逢殃,遭殃;茕(qióng)茕,孤独之状;思余俗之流风句,此句言,楚国之流风余俗,让我心中纷扰,难以承受;遵野莽,行走在莽莽原野;呼风,召唤清风,矫正楚国丑恶的流风余俗;山廋(sōu),山奥;巡,行走;陆夷,高高低低;曲衍,弯经水边;巑(cuán)岏(wán),陡峭山峰;长企,长久眺望;望南郢而窥之,窥望郢城之南;屈原一直在郢都的南方流放,向北远望,正是南郢。

山修远期辽辽兮,涂曼曼其无时。听玄鹤之晨鸣兮,于高冈之峨峨。独愤积而哀娱兮,翔江洲而安歌。三鸟飞以自南兮,览其志而欲北。愿寄言于三鸟

| 同驽骡与乘驵兮 |

山东汉画像石

兮，去飘疾而不可得。

【品读】

修远，长远无边；辽辽，遥远之貌；涂，路；曼曼，漫漫；玄鹤，一种神鸟，君主有德则来，无德则去；峨峨，高峻之貌；此句言玄鹤立于高峻之山冈；哀娱，无法解忧，闷郁不乐；安歌，放歌；三鸟，西王母有三青鸟，可供其坐乘傲游；此句言，三青鸟自南而来，像是要北去；去飘疾，飞的太快；此句言，本想让三青鸟捎去我的话，无奈它飞的太快无法实现。

欲迁志而改操兮，心纷结其未离。外彷徨而游览兮，内恻隐而含哀。聊须臾以时忘兮，心渐渐其烦错。愿假簧以舒忧兮，志纡郁其难释。

【品读】

迁志改操，改变心志操守；未离，难以改变；聊须臾以时忘，此句言，暂且忘却一时，换来的却是越来越重的烦恼；假簧，借笙簧乐曲以解忧；志纡郁，心志郁结。

叹《离骚》以扬意兮，犹未殚于《九章》。长嘘吸以於悒兮，涕横集而成行。伤明珠之赴泥兮，鱼眼玑之坚藏。同驽骡与乘驵兮，杂班驳与阘茸。

【品读】

殚，结束，尽；嘘吸，歔欷；於悒，涕泣之貌；此两句言，咏《离骚》篇章抒发心志，还未咏到《九章》，就已是长吁短叹，涕流成行；玑，珍珠；驽骡，笨拙的骡子；乘驵（zǎng），骏马；班驳（bó），色彩杂乱；阘（tà），笨

遵彼南道兮，征夫宵行

山东汉画像石

拙；此句言，鱼目混珠，良莠不分。

　　葛藟藟于桂树兮，鸱鸮集于木兰。偓促谈于廊庙兮，律魁放乎山间。恶虞氏之箫《韶》兮，好遗风之《激楚》。潜周鼎于江淮兮，爨土鬵于中宇。

【品读】

葛藟（lěi），藤葛；藟（lěi），一种蔓生植物，此处指盘绕；鸱（chī）鸮（xiāo），猫头鹰，古人认为是一种恶鸟；偓促，即龌龊，卑鄙小人；廊庙，朝堂；律魁，贤良之才；虞氏，虞舜；遗风，民间所流行的；此句意为，厌恶虞舜的雅乐韶乐，喜好民间的《激楚》之声；潜周鼎于汉淮，将周王朝传国大鼎沉入江淮；爨（cuàn），炊火；土鬵（xín），陶锅；中宇，堂中央；此句言，舍弃传国重鼎，却把陶锅放在堂上使用。

　　且人心之持旧兮，而不可保长。邅彼南道兮，征夫宵行。思念郢路兮，还顾睠睠。涕流交集兮，泣下涟涟。

【品读】

不可保长，难以持久；邅（zhān）彼南道，绯徊在南方之路；宵行，夜行；睠（juàn）睠，即眷眷，眷恋；还顾，回顾。

　　叹曰：登山长望，中心悲兮，菀彼青春，泣如颓兮。留思北顾，涕渐渐兮，折锐摧矜，凝泛滥兮。念

| 仆夫慌悴，散若流兮 |

重庆汉画像石

我茕茕，魂谁求兮？仆夫慌悴，散若流兮。

【品读】

菀（wán），蒲草，生于水边；泣如颓兮，泪如雨下；折锐摧矜，消磨我的锐气与尊严；凝泛滥兮，与世俗共沉浮；魂谁求兮，失魂落魄；慌悴，惊慌失措；散若流兮，四散而去。

| 悉灵围而来谒 |

山东汉画像石

远 游

刘 向

本篇是《九叹》中的一篇，写屈原在天地神灵之间自由漫游，挥洒自如，但对于楚国之黑暗仍无可奈何，最终自沉而亡，回归梦中的理想王国。

悲余性之不可改兮，屡惩艾而不移。服觉皓以殊俗兮，貌揭揭以巍巍。譬若王乔之乘云兮，载赤霄而凌太清。欲与天地参寿兮，与日月而比荣。登昆仑而北首兮，悉灵圉而来谒。选鬼神于太阴兮，登阊阖于玄阙。

【品读】

惩艾，惩罚；此句谓，可叹我之本性不改，屡受挫折也难以改易；服，服饰，佩带；觉皓，鲜明亮丽；貌，仪表；揭揭、巍巍，均谓高大；此句言，我衣着鲜丽与众不同，相貌堂堂伟岸；实则说明自己志向之脱俗；王乔，即仙人王子乔；赤霄，彩云；凌太清，凌驾太空之中；参寿，同寿；比荣，同辉；北首，北向；悉，全部；灵圉（yǔ），神仙；谒，迎接；太阴，极北之处；阊（chāng）阖（hé），天门；玄阙，北方高山；此句言，在太阴之处选择与我同道之神仙，自玄阙登上天门，拜见天皇。

| 结余车于西山兮 |

陕西汉画像石

回朕车俾西引兮,褰虹旗于玉门。驰六龙于三危兮,朝西灵于九滨。结余车于西山兮,横飞谷以南征。绝都广以直指兮,历祝融于朱冥。柱玉衡于炎火兮,委两馆于咸唐。贯鸿濛以东揭兮,维六龙于扶桑。

【品读】

俾(bǐ),使;褰(qiān),举起、拔起;玉门,山名;此句言,掉转方向让车驾西去,到玉门山上拔取彩虹为旗;三危,西方高山;西灵,西方神灵;九曲,大海九曲之滨;此句言,驱驰云龙所驾之车,过三危山,召西方之神,会于大海九曲之滨;结,旋转;飞谷,即飞泉之谷,太阳所行之道;此句言,我之车盘旋而上西山,横越飞谷以南行;都广,天下之中心;祝融,南方之神;朱冥,南方天边;此句言,横绝都广之地,在南方天际遇到祝融;柱,回转;玉衡,指车乘;委,栖栖;两馆,两次下榻;咸唐,咸池,西方之池泊;鸿濛,混沌之气;东揭(qiè),东去;维,拴系;扶桑,东方神树。

周流览于四海兮,志升降以高驰。征九神于回极兮,建虹采以招指。驾鸾凤以上游兮,从玄鹤与鹪明。孔鸟飞而送迎兮,腾群鹤于瑶光。排帝宫与罗囿兮,升县圃以眩灭。结琼枝以杂佩兮,立长庚以继日。

【品读】

志,意欲;此句言,周游四海之后,志于上下奔走,以求贤士;九神,九天之神;极,北极;此句言,召九天之神,会于北极之星,高举彩虹之旗,指挥四方;从,追随;鹪(jiāo)明,一种似凤的神鸟;孔鸟,孔雀;瑶光,星名,

| 旋车逝于崇山兮 |

山东汉画像石

即北斗杓星；排，推开；罗囿，天上苑囿；县圃，天上神山；眩灭，目眩神消；结，系带；杂佩，杂以佩饰；长庚，即长庚星，金星，日落时出现；此言自己夜以继日地努力着。

凌惊雷以轶骇电兮，缀鬼谷于北辰。鞭风伯使先驱兮，囚灵玄于虞渊。溯高风以低佪兮，览周流于朔方。就颛顼而陈词兮，考玄冥于空桑。旋车逝于崇山兮，奏虞舜于苍梧。济杨舟于会稽兮，就申胥于五湖。

【品读】

轶，通逸，飞奔；鬼谷，百鬼聚集之处；北辰，北极星；此句言，驾乘惊雷，追逐飞电，将鬼谷系于北辰之星，使其无法伤害贤良；灵玄，玄帝，北方之帝；虞渊，日没之处；此句言，鞭促风伯使其扫尘，囚禁玄帝于虞渊，使世间无阴暗幽冥；溯，迎；朔方，北方；颛顼，五帝之一，为中央之神；考，责问；玄冥，太阴之神，主刑杀；空桑，山名；此句言，向颛顼陈词，在空桑之山质问玄冥，为何滥杀忠良；崇山，南方山名，舜帝将四恶之一的驩兜流放于此；苍梧，九嶷山，舜帝南巡时死于此地；此句言，回转车驾直奔崇山，验明驩兜已被流放于此，再去苍梧山向舜帝奏明；会稽，会稽山；申胥，伍子胥，其父为楚大夫，被谗害，子胥流落太湖一带，后仕于吴国；五湖，太湖一带。

见南郢之流风兮，殒余躬于沅湘。望旧邦之黬黕兮，时溷浊其犹未央。怀兰茝之芬芳兮，妒被离而折之。张绛帷以襜襜兮，风邑邑而蔽之。日噏噏

| 譬彼蛟龙，乘云浮兮 |

山东汉画像石

> 其西舍兮，阳焱焱而复顾。聊假日以须臾兮，何骚骚而自故。

【品读】

南郢，指楚国；殒，沉沦、隐居；余躬，我之身；沅湘，沅水、湘江之间；黭黮（tǎn），昏暗不明；涽（hùn）浊，污浊；未央，未休，方兴未艾；兰茝（zhǐ），即兰芷，香草；被离，分离；此句言，我心怀兰香洁正无瑕，却被小人妒嫉，远离故土，遭受磨难；绛帷，紫色帷帐；襜（chān）襜，亮丽；邑邑，微弱；此句言，君主之帷帐虽亮丽美好，但正气微弱，被邪风所蔽；暾（tūn）暾，明亮；焱焱（yàn），光芒四射；西舍，西斜；此句言，虽已日落而下，但余辉仍在；假日以须臾，借此片刻时光；骚骚，忧苦之状；此句言，我已年迈日暮，本应聊借短暂时光，游乐人生，但心中愁思如故，无法排解。

> 叹曰：譬彼蛟龙，乘云浮兮。汛淫澒溶，纷若雾兮。潺湲胶葛，雷动电发，馺高举兮。升虚凌冥，沛浊浮清，入帝宫兮。摇翘奋羽，驰风骋雨，游无穷兮。

【品读】

汛淫，游荡不定；澒溶，水势深广；此句言，我怀才不遇，如蛟龙潜于川泽，腾云而起，游荡于无垠水际，面前白雾茫茫；潺湲，流水之状；胶葛，错杂；馺（sà），骏马奔驰；此句言，天空中水雾错杂，雷动电闪，我驾骏马飞奔冲天；升虚凌冥，腾跃无垠高空；沛，排去；浮清，浮于清空；此句言，飞入虚空，将混浊之气抛在下面，浮游于朗朗净空，直入天帝之宫；翘，长羽；此句言，振翅高飞，驰骋风雨，遨游宇宙。

| 贪枉兮党比，贞良兮茕独 |

四川汉画像石

悯 上

王 逸

王逸，东汉后期楚地人，顺帝时官至侍中，致力于楚辞研究，著有《楚辞章句》。本人也仿楚辞，作《九思》，自称："逸与屈原同土共国，悼伤之情，与凡有异。窃慕向褒之风，作颂一篇，号曰《九思》。"本篇是其中之一，着力描述了楚国社会的黑暗以及屈原洁身自好的哀伤。

哀世兮睩睩，諓諓兮嗌喔。众多兮阿媚，委靡兮成俗。贪枉兮党比，贞良兮茕独。鹄窜兮枳棘，鹈集兮帷幄。蘮蒘兮青葱，槁本兮萎落。

【品读】

睩（lù）睩，即碌碌，眼珠转动之状；諓（jiàn），背地议论；嗌（yì）喔（wō），谄谀献媚之声；此句言，哀叹世人虽睁大眼睛，但都在流长蜚短，阿谀奉承；委靡，谄媚；此句言，阿谀者盛行，谄媚成风；茕独，孤独，此句言，贪赃枉法者结为朋党，贤正良臣反被孤立；鹄（hú），天鹅；鹈（tí），一种水鸟；此句言，天鹅藏身荆棘，鹈鸟栖集于庙堂帷帐；蘮（jì）蒘（rú），一种杂草；槁（gǎo）本，香草；此句言，杂草郁郁葱葱，香草却枯萎、凋零。

| 含忧强老兮愁不乐 |

四川汉画像石

睹斯兮伪惑,心为兮隔错。逡巡兮圃薮,率彼兮畛陌。川谷兮渊渊,山阜兮峇峇。丛林兮崟崟,株榛兮岳岳。霜雪兮漼澄,冰冻兮洛泽。东西兮南北,罔所兮归薄。庇荫兮枯树,匍匐兮岩石。踡局兮寒风数,独处兮志不申,年齿尽兮命迫促。

【品读】

伪惑,疑惑;隔错,错乱;逡(qūn)巡,犹豫不决;圃薮(sǒu),密林;率,沿着;畛(zhěn)陌,田间小路;渊渊,深不可测;峇(è)峇,巍峨高大;崟(yín)崟,繁茂之貌;岳岳,树木丛集;漼(cuǐ)澄(ái),霜雪积聚之貌;洛泽,冰封之貌;归薄,归依;踡(quán)局,卷屈不伸;寒风数,寒风凛冽;年齿,年岁。

魁垒挤摧兮常困辱,含忧强老兮愁不乐。须发苧悴兮颡鬂白,思灵泽兮一膏沐。怀兰英兮把琼若,待天明兮立踯躅。云蒙蒙兮电倏烁,孤雏惊兮鸣呴呴。思怫郁兮肝切剥,忿悁悒兮孰诉告。

【品读】

魁垒,窘迫;挤摧,屈折;强老,因忧愁而早衰;苧(níng)悴,杂乱憔悴;颡(piǎo),花白之貌;灵泽,上天雨露;膏沐,膏泽沐浴;把琼若,手持玉兰;踯(zhí)躅(zhú),徘徊不前;倏(shū)烁(shuò),疾速;呴(gòu)呴,鸣叫声;怫(fú)郁,郁郁不乐;肝切剥,心如刀割;悁(juān)悒(yì),忧苦;此句言,心中郁郁如同刀割,悲愤忧苦向谁诉。

| 悯贞良兮遇害 |

山东汉画像石

伤 时

王 逸

本篇为《九思》之一，描述屈原因忠正被谪而远离楚国，周游天地，与诸神灵们宴乐欢娱。但最终仍心绪伤悲，无法忘却故国故土。

惟昊天兮昭灵，阳气发兮清明。风习习兮和暖，百草萌兮华荣。菫荼茂兮扶疏，蘅芷凋兮莹嫇。悯贞良兮遇害，将夭折兮碎糜。时混混兮浇饡，哀当世兮莫知。

【品读】

昊天，苍天，上天；昭灵，生机勃勃；华荣，百花盛开；菫（jǐn），一种芹菜；荼（tú），一种苦菜；扶疏，茂盛之状；蘅（héng）芷，杜蘅与白芷，均为香草；莹嫇（míng），凋落；碎糜，粉身碎骨；浇饡（zàn），以羹浇饭；当世，当权者；此句言，时事混乱，如同以羹浇饭，可叹当政者并不知情。

览往昔兮俊彦，亦讪辱兮系累。管束缚兮桎梏，百贸易兮传卖。遭桓穆兮识举，才德用兮列施。且从容兮自慰，玩琴书兮游戏。

| 雁余辔兮策驷 |

河南汉画像石

【品读】

俊彦,俊杰;诎(qū)辱,屈辱;系累,拘禁;桎(zhì)梏(gù),枷锁;此句言,管仲被捆绑囚禁,百里奚也遭转卖;桓穆,齐桓公、秦穆公;列施,大展宏图,施展抱负;此句言,管仲、百里奚分别被齐桓公、秦穆公启用,得以施展才华,一展壮志;玩琴书兮游戏,既然前代圣贤都遇到明君,我也聊以自慰,希望在前,因而,可以轻松地抚琴读书以安度时日。

> 追中国兮窄狭,吾欲之兮九夷。超五岭兮嵯峨,观浮石兮崔嵬。陟丹山兮炎野,屯余车兮黄支。就祝融兮稽疑,嘉已行兮无为。乃回揭兮北逝,遇神嫘兮宴娭。

【品读】

九夷,东方夷族,孔子曾言,若无法实现抱负,宁肯远走九夷,此句本其意而来;欲之,意欲前往;超五岭,翻越五岭;嵯峨,高峻;浮石,即浮石山,在东海中;崔嵬,山势险峻;陟(zhì),登上;炎野,南方炎热之地;屯,驻屯;黄支,中南半岛古国名;祝融,赤帝,南方火神;稽疑,求教疑难;揭(qiè),去;嫘(xié),北方之神;宴娭(xī),即宴乐。

> 欲静居兮自娱,心愁戚兮不能。放余辔兮策驷,忽飙腾兮浮云。蹑飞杭兮越海,从安期兮蓬莱。缘天梯兮北上,登太一兮玉台。使素女兮鼓簧,乘戈和兮讴谣。声嗷誂兮清和,音晏衍兮要婬。咸欣欣兮酣乐,余眷眷兮独悲。顾章华兮太息,志恋恋兮依依。

| 咸欣欣兮酣乐 |

四川汉画像石

【品读】

飙腾，乘风而起；此句言，放开缰绳，策马奔驰，如腾云乘风；蹠（zhí），踏上；飞杭，飞驶的航船；安期，东海仙人安期生，常驻蓬莱；缘，攀；太一，即太一星，天帝所居，以玉为台；素女，神女；鼓簧，吹奏乐器；乘弋，仙人；和兮讴谣，和着音乐唱起歌谣，噭（jiào）誂（tiǎo），歌声清畅；晏衍，歌声柔远；要姪（yín），舞姿优美；咸，都；酣乐，酣畅大乐；眷眷，郁郁不欢之貌；顾，望；章华，楚国之章华台；依依，依依不舍。

| 余感时兮凄怆 |

山东汉画像石

哀 岁

王 逸

本篇为《九思》之一，描述岁月匆匆，屈原却命运多乖，遭遇奸佞小人，无以报国，甚至连忧苦之心也无处诉说。

旻天兮清凉，玄气兮高朗。北风兮潦冽，草木兮苍唐。蚵蚗兮噍噍，蝍蛆兮穰穰。

【品读】

旻（míng）天，秋天；玄气，九月暮秋之气；潦冽，凛烈；苍唐，凋落；蚵（yī）蚗（jué），一种蝉；噍（jiū）噍，蝉鸣声；蝍（jí）蛆（jū），蜈蚣；穰（rǎng）穰，纷乱。此言北风寒气已至，蝉鸣凄凄，百虫纷扰惶恐。

岁忽忽兮惟暮，余感时兮凄怆。伤俗兮泥浊，蒙蔽兮不章。宝彼兮沙砾，捐此兮夜光。椒瑛兮涅污，枲耳兮充房。

【品读】

忽忽，匆匆；惟，语助词；此言岁月匆匆已是暮年；不章，不明；此句言，哀风气之混浊，君主受蒙不明；夜光，夜光珠；此句言，以沙石为宝，将夜光珠

| 投剑兮脱冕 |

河南汉画像石

抛弃；椒瑛，香料、玉石；涅污，被染黑；枲（xǐ）耳，一种劣草；充房，充斥朝堂。

摄衣兮缓带，操我兮墨阳。升车兮命仆，将驰兮四荒。下堂兮见虿，出门兮触蜂。巷有兮蚰蜒，邑多兮螳螂。睹斯兮嫉贼，心为兮切伤。

【品读】

墨阳，宝剑名；此句言，收拾衣服，放松腰带，拿起我的墨阳剑；命仆，命仆人驾车；四荒，四边荒蛮之地；虿（chài），毒虫；此句言，走下厅堂便见毒虫，出门之后又遇黄蜂；蚰（yóu）蜒（yán），一种爬行类小虫；此句言，巷子里蚰蜒爬行，村落中螳螂横行；嫉贼，害人行径；此句言，看到这些害虫横行，心中悲切不止。

俯念兮子胥，仰怜兮比干。投剑兮脱冕，龙屈兮蜿蟺。潜藏兮山泽，匍匐兮丛攒。窥见兮溪涧。流水兮沄沄。鼋鼍兮欣欣，鳝鲇兮延延。群行兮上下，骈罗兮列陈。

【品读】

子胥，即伍子胥；比干，商纣王时代的忠正之臣，被纣王剖心；蜿（wān）蟺（zhuān），弯曲、促迫；此句言，抛掉宝剑，脱下冠冕，像蛟龙般委曲盘绕；丛攒（cuán），丛林；窥见，从细孔处看到；沄（yún）沄，水流淙淙，鼋（yuán），鳖；鼍（tuó），鳄鱼；鳝（shàn），鳝鱼；鲇（nián），鲇鱼；延延，鱼、鲇鱼在水中游动如蛇的样子；骈罗，成双成对地出现。

| 愁不聊兮遑生 |

四川汉画像石

自恨兮无友，特处兮茕茕。冬夜兮陶陶，雨雪兮冥冥。神光兮颖颖，鬼火兮荧荧。修德兮困控，愁不聊兮遑生。忧纡兮郁郁，恶所兮写情。

【品读】

特处，独处；茕茕，孤独之状；陶陶，漫长之貌；冥冥，昏暗之貌；颖颖、荧荧，均为微光闪烁之状；困控，无人荐举；遑（huáng），惶恐；此句言，修德立志但苦于无人荐举，愁闷无聊惶恐丛生；忧纡，忧思萦绕；恶所，无所；写情，抒怀。

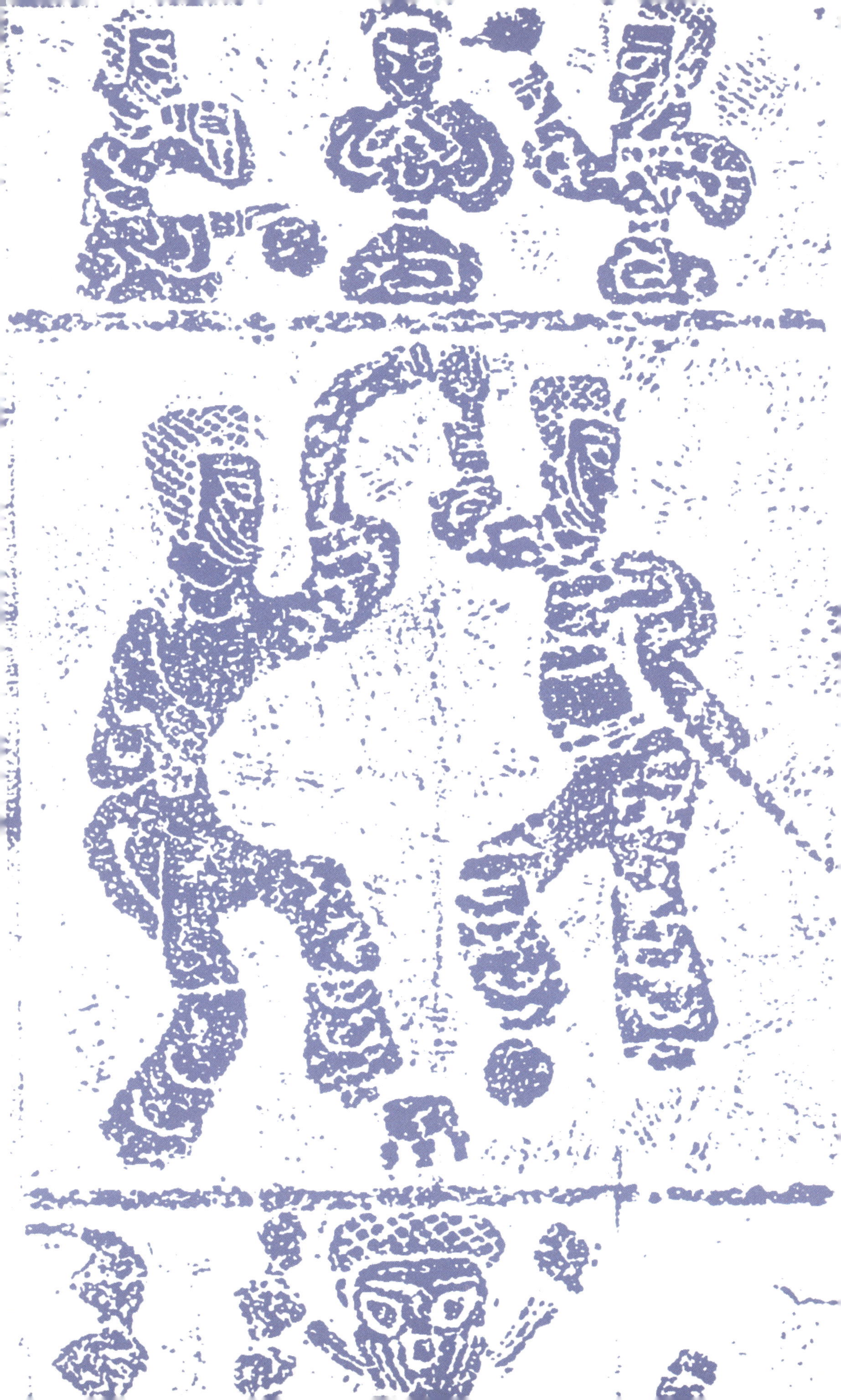

后 记

  汉画，又称汉代画像，是雕刻在砖、石上的艺术作品，前者称画像砖，后者称画像石，画像砖与画像石的拓片被称作汉画，汉画萌起于战国，兴盛于两汉，是今天能够看到的二千年前左右最为丰富的艺术遗存。

  汉画像砖与画像石主要是浅浮雕和线雕，用在宫殿城阙、大型建筑或一些纪念性建筑上，在墓室中也有广泛的分布。其题裁上至天上诸神，下至帝王贵族、市井乡里，几乎涵盖了当时的精神生活与社会生活，其时代又正处于我们这册《楚辞廿品》的中间，所以，就以汉画为楚辞配读。

  所选汉画自然是后人所拓拓片，但也收有几幅汉画原石图片，选择时注意了与所配读楚辞内容的关联性，有些可能过于牵强，但有则聊胜于无，权且如此，尚祈鉴谅。

若荻

2016年初夏

图书在版编目（CIP）数据

楚辞廿品 / 苏若荻编著. —北京：经济科学出版社，2016.6
（品读诗词中国）
ISBN 978-7-5141-7007-8

Ⅰ.①楚… Ⅱ.①苏… Ⅲ.①古典诗歌—诗集—中国—战国时代 Ⅳ.①I222.3

中国版本图书馆CIP数据核字（2016）第134705号

编　著　苏若荻
责任编辑　孙丽丽
装帧设计　鲁　筱

楚辞廿品

出　版	经济科学出版社
地　址	北京市海淀区阜城路甲28号
电　话	总编部电话（010）88191217
	发行部电话（010）88191522
网　址	www.esp.com.cn
电子信箱	esp@esp.com.cn
发　行	新华书店经销
印　刷	北京市十月印刷有限公司印装
规　格	710 mm×1092 mm　16开
印　张	12.5
字　数	230千字
版　次	2016年6月第1版
印　次	2016年6月第1次印刷
标准书号	ISBN 978-7-5141-7007-8
定　价	56.00元

著作权所有·请勿擅自用本书制作各类出版物·违者必究
如有印装质量问题·请与经济科学出版社发行部调换